MICHÈLE ABRAMOFF

LE CAFÉ DU CANAL

roman

Le Café du Canal

1

Tous les matins, en ouvrant la fenêtre de sa chambre, François découvre le même paysage, que modifie, au fil des heures et au fil des saisons, la seule lumière du jour. Le feuillage des arbres peut être plus ou moins dense, quelques jours par an il y a de la neige, et c'est à peu près tout. Un homme qui depuis ses vingt ans n'était pas resté en place, huit jours ici, trois jours là, toujours à courir après les trains ou à sillonner les routes, pourrait trouver monotone cette existence sédentaire, toute tracée. Au contraire, sa nouvelle façon de vivre repose François et le rassure ; il a touché au port.

Dans une vie antérieure (pas si lointaine, puisqu'il n'a changé de métier que depuis deux ans, mais si différente de celle qu'il mène à présent qu'elle lui semble parfois appartenir à une époque très ancienne), François avait été comédien. C'était ce qu'on appelle un intermittent du spectacle. Tout le monde estimait alors qu'il était un acteur honnête, professionnel et consciencieux. On lui disait souvent qu'il ressemblait à Paul Frankeur, et en effet, s'il ne lui ressemblait pas trait pour trait, il en avait la rondeur, la bonhomie, une sorte de gravité étonnée. Cette ressemblance, que chacun reconnaissait, avait fait un temps espérer à François qu'il prendrait la suite du vieil acteur. Quand un comédien meurt ou se retire, il laisse un personnage, un emploi disponible, et il arrive qu'un autre comédien l'incarne sous un jour plus moderne (Vanessa Paradis, troublante femme-enfant après Simone Simon; Anconina qui fait parfois penser à Marcel Dalio...). Mais François n'avait jamais obtenu au cinéma que des petits rôles. Le cinéma d'aujourd'hui n'avait pas besoin d'un nouveau Frankeur.

Par bonheur, le théâtre était plus accueillant. François jouait dans des spectacles subventionnés, participait à des tournées de province, pendant trois ans il avait même fait partie d'une compagnie. Dans les pièces classiques, il interprétait les valets, les barbons; dans les pièces de boulevard, les maris ou les amants trompés. Dès le début, on lui avait confié des rôles plus vieux que son âge : les metteurs en scène de théâtre lui trouvaient du poids et un talent comique. Mais François avait un autre talent qui lui avait certainement valu pas mal d'engagements : il était très adroit de ses mains. Par nécessité, tous les acteurs des petites troupes théâtrales ont d'autres compétences que le jeu : ils savent menuiser ou coudre, repasser, créer des costumes ou peindre les décors, régler les lumières... François, lui, savait absolument tout faire, et jusqu'à la cuisine. Quand il lui arrive d'y penser, il se dit que ses vingt ans de théâtre lui auront au moins appris à se servir de ses mains.

« Intermittent du spectacle », François travaillait donc par intermittences, ce qui a son charme, à condition que les engagements ne soient pas trop espacés, l'idéal étant de savoir ce qu'on fera à la suite du contrat en cours. Le fait est qu'entre les acteurs, quand se rapproche la fin d'un spectacle, d'une tournée de représentations, de quelques jours de tournage, « *Est-ce que tu as quelque chose après ?* » est la question qui revient le plus souvent. Ceux qui n'ont rien répondent d'une manière évasive (mais jamais tout à fait négative : ils ont toujours un emploi en vue, un rôle qui n'attend qu'eux quelque part...). Les autres, plus chanceux, qui ont un engagement ferme, en font état d'un ton faussement détaché (et, pour les moins délicats, non dénué de suffisance : eux, on les a remarqués, on se souvient d'eux, ils sont *demandés*.)

Hélas, sans qu'il ait jamais bien compris pourquoi (manque d'entregent, peut-être, une forme d'indolence : hors de la scène, fuyant les mondanités et répugnant à provoquer les choses, il avait tendance à se faire trop discret), vers ses trente-six, trente-sept ans les engagements de François s'étaient faits plus rares. Désormais il passait le plus clair de son temps à auditionner, puis à attendre une convocation, un coup de fil... – et ça pouvait durer des semaines, parfois pendant plusieurs mois. Sa vie était comme une pièce de théâtre à l'envers, avec de courts moments de jeu et des entractes interminables. Ne voyant pas ce qu'il pourrait faire d'autre, il continuait par habitude, mais il avait perdu la flamme, l'amour du métier, de ce métier qui l'abandonnait.

Il venait d'avoir quarante-deux ans quand un triste événement avait précipité le cours des choses : sa mère, qui n'était qu'au début de la soixantaine, avait eu un accident cardio-vasculaire. Un matin, en allant chercher son courrier, elle s'était abattue dans l'allée de son jardin, et il avait dû s'écouler un bon moment avant qu'un passant ne l'aperçoive par-dessus la clôture, car lorsque le SAMU était arrivé, c'était déjà trop tard.

Bien que la mort brutale de sa génitrice lui ait causé un choc (pendant des mois, elle était revenue hanter ses rêves), la vérité oblige à dire que François n'en avait pas été vraiment affecté. Tous deux ne s'étaient jamais entendus. Il existait entre eux un désaccord profond, une incompréhension irrémédiable ; tout petit, à cinq ans à peine, il savait déjà qu'il déplaisait.

La mère de François était une femme qui avait l'esprit de sérieux. Ni de Funès, ni Devos n'avaient l'heur de la faire rire, ou alors du bout des lèvres, pour faire comme tout le monde. Elle faisait partie de ces êtres frustres qui pensent que les gens qui font rire les autres sont des idiots, que c'est de leur personne qu'on rit, qu'ils ne sont pas *considérés*. Des pitres. « Arrête de faire le pitre » répétait-elle à François qui avait été un gosse turbulent et rigolo, toujours prêt à se livrer à des clowneries et à des imitations désopilantes, un petit garçon qui aimait se donner en spectacle. « De qui peut-il bien tenir *ça*...! », s'écriait-elle d'un ton de dégoût étonné devant les improvisations de son rejeton, comme s'il avait été porteur d'une anomalie génétique. Elle n'avait pas tort en croyant que ces dispositions le détourneraient des études : en classe, François avait toujours été un élève moyen. Et elle, ce qui lui aurait plu, ç'aurait été un bûcheur, un de ces enfants qu'on prépare pour l'ENA ou pour Polytechnique dès la sixième, un fils *sérieux* qui aurait répondu à ses aspirations et dont elle aurait pu être fière. François la décevait et, durant toute son enfance, toute son adolescence, elle n'avait pas cessé de le lui faire sentir.

Du côté paternel, il ne pouvait compter sur aucun soutien. Son père était absent la plupart du temps. Représentant en pièces détachées d'automobile, il tournait du lundi au vendredi dans son secteur de l'est de la France et ne se montrait pas de la semaine. S'il rentrait ponctuellement chaque vendredi soir dans leur pavillon de Fontenay-aux-roses, c'était pour passer le week-end en compagnie d'une bouteille de Johnny Walker, autre moyen de s'absenter. Jusqu'au jour où il avait eu une cirrhose et s'était absenté définitivement.

Au moment de la mort de son père, François avait atteint la trentaine et n'habitait plus depuis longtemps le pavillon familial. Sa mère vieillissant et se retrouvant seule, normalement, ils auraient dû se rapprocher, mais la disparition d'un chef de famille si peu présent n'avait pas changé grand-chose ; bien au contraire, au fil du temps, leur mésentente s'était aggravée.

Le fait que son fils n'ait pas réussi (elle disait *percé* : « *Quand vas-tu enfin te décider à percer ?* »), même s'il lui donnait raison, humiliait la mère de François. Elle n'osait plus « avouer » que son fils était acteur : comme il ne passait pas à la télé, ses voisines lui envoyaient des vannes. François lui faisait honte, elle ne se gênait pas pour le lui dire : selon elle, on « perçait » ou on était un raté. Même à l'époque où ça ne marchait pas mal pour lui, chaque fois qu'il venait la voir (et bien qu'à ses débuts il l'eût invitée au Théâtre des Amandiers à la première d'une comédie de Labiche où il avait un assez joli rôle – ç'avait été d'ailleurs le seul de ses spectacles auquel elle ait accepté d'assister, ayant mal supporté, au deuxième acte, les rires de la salle à l'apparition de son fils en caleçon), elle ne manquait jamais de lui poser la même question, sans en écouter la réponse, avec dans les yeux une lueur mauvaise : « Mais qu'est-ce que tu fais au juste ? » – façon perfide de lui rappeler qu'il ne jouait pas dans les feuilletons télévisés, qu'on ne voyait pas sa photo dans les magazines… Elle lui reprochait aussi de n'être pas marié, de n'avoir pas fondé une famille (tête d'une épouse devant un mari qui passe ses journées à courir les auditions et les castings et qui, à quelques pannes près, rentre bredouille six mois d'affilée !). Les derniers temps, ils ne se voyaient plus que deux ou trois fois par an ; pourtant, même le jour de Noël, même le jour de la Fête des Mères, elle ne pouvait se retenir de récriminer et les visites de François se terminaient invariablement par une dispute. La dernière fois, il était parti en claquant la porte.

Enfin, c'était tout de même sa mère, il était son enfant unique, elle avait dû s'inquiéter pour lui. Et elle lui laissait sa maison, un beau pavillon de pierre de taille, tout près de Paris, que ses propres parents avaient fait construire et où elle vivait seule depuis son veuvage.

Au cours de ses périodes creuses, dans ces longs moments d'inactivité où il ne savait que faire de lui-même, il s'était dit souvent qu'il aimerait tenir un café (fantasme plus répandu qu'on l'imagine chez les acteurs d'un certain âge :

c'est un rêve de stabilité et de convivialité, dans le réconfort des nourritures liquides et solides, à l'opposé de l'existence incertaine et solitaire qu'était devenue celle de François). Le décès prématuré de sa mère (laquelle, soit dit en passant, avait *in fine* atteint son but : lui faire lâcher le métier) avait soudain rendu le rêve réalisable.

Sitôt en possession de son héritage, son titre de propriété en poche, il avait mis le pavillon en vente. Après en avoir fait une estimation approximative en regardant dans les magazines spécialisés le prix des pavillons semblables au sien, François avait calculé que, les droits de succession acquittés, il lui resterait une belle somme, suffisante en tout cas pour acquérir un fonds de commerce et voir venir.

Il avait donc confié la vente de sa maison à une agence avec la mission supplémentaire de lui trouver un café sympathique en Île-de-France. Puis il s'était offert une paire de Weston, avait remplacé sa vieille veste de tweed par une veste neuve achetée chez Burberry – pour la première fois, il se sentait riche – et il s'en était allé prospecter de son côté. Il avait le temps, ce n'était pas le temps qui manquait à François.

Si l'agence avait eu vite fait de trouver un acquéreur pour le pavillon de pierre de taille – qui était situé sur la ligne de Sceaux, par surcroît à proximité de la gare –, elle s'était avérée incapable de lui dénicher un établissement convenable. Il la soupçonnait de n'avoir même pas pris la peine de chercher, se contentant de lui proposer les affaires qui arrivaient toutes seules au bureau. Mais, après tout, qui mieux que lui-même aurait pu ressentir l'émotion, le léger choc qui avertit que dans un certain lieu on est prêt à passer plusieurs années de sa vie ?

Finalement, après deux mois de recherches systématiques autour de Paris, il avait trouvé ce qu'il lui fallait. Ce petit miracle s'était produit un jour de janvier, vers la fin de l'après-midi. Comme d'habitude quand il effectuait ses explorations, il avait garé sa voiture dans le centre d'une petite ville et remontait à pied son artère principale en jetant un coup d'œil dans les rues adjacentes. Après avoir parcouru sa partie animée en se frayant un chemin entre les passants qui piétinaient devant les vitrines allumées, il était parvenu à son extrémité, là où les magasins se faisaient plus rares et les promeneurs moins nombreux. Il s'apprêtait à revenir sur ses pas en empruntant l'autre trottoir quand, après une légère courbe, il avait aperçu un quai bordé d'arbres et avait continué jusque-là.

Ce quai longeait un canal assez large, traversé dans le prolongement de la rue principale par un pont de pierre à balustres, et, un peu plus loin sur la gauche, par un pont piéton métallique, une sorte de passerelle à escaliers pareille à celles du canal Saint-Martin. Du côté où se tenait François, un muret de pierre blanche gardait un vaste terre-plein recouvert de graviers et planté de tilleuls, une sorte de mail. Malgré le froid très vif et la nuit qui tombait, il s'était assis sur l'un des bancs disposés entre les arbres et était resté là un moment. L'endroit était calme, bien aéré. Si près de Paris, il s'en dégageait une impression de tranquillité provinciale qui avait ému François ; il s'était dit que c'était un endroit où il pourrait vivre. Sans trop d'espoir pourtant, il avait repris sa marche en examinant les petits immeubles anciens d'un ou deux étages qui s'alignaient face au terre-plein, de l'autre côté d'une étroite chaussée. Et il avait eu de la chance : cent mètres plus loin, il y avait un café-bar à vendre, un numéro d'agence était affiché sur ses volets fermés ; superstitieux comme tous les comédiens, François y avait vu un signe.

Aussitôt appelé, l'agent immobilier l'avait rejoint sur place pour lui faire visiter les lieux : une salle au rez-de-chaussée relativement spacieuse, un logement de trois pièces au premier étage. Naturellement, il y avait des travaux, rafraîchissement et mise aux normes, mais cela n'était pas pour faire peur à François ; il avait les moyens d'effectuer les aménagements nécessaires. Quelques semaines plus tard, il était propriétaire du fonds. Et comme dans la brume hivernale qui enveloppait toutes choses d'un charme mélancolique l'atmosphère du lieu évoquait irrésistiblement Simenon, François n'avait pas eu de mal à lui trouver un nom : il l'avait appelé *Le Café du Canal*.

C'est donc ce canal qui s'offre à sa vue, chaque jour que Dieu fait, par la fenêtre ouverte de sa chambre, souvent animé par le passage d'une péniche de belle taille qui se dirige à vide vers un silo gigantesque huit kilomètres plus loin, ou en revient, sa coque dépassant à peine de la surface de l'eau sous le poids de la cargaison de céréales qu'elle transporte jusqu'au port fluvial de Rouen. Ce matin, bien qu'on ne soit encore qu'au début d'octobre, les feuilles des tilleuls agitées par une brise légère montrent déjà tous les tons dégradés du cuivre et de l'or (par ici, en automne, le feuillage des arbres peut changer d'aspect d'une semaine à l'autre). En levant les yeux vers le ciel limpide, un ciel de petit matin encore pâle, François remarque des traînées roses, près de rougeoyer, et décide de sortir les tables qu'il a l'habitude d'installer sur le terre-plein par beau temps. Il s'attarde encore une seconde à sa fenêtre, aspire une grande bouffée d'air frais (ce qui gonfle un peu plus son ventre qui, en bientôt deux ans de vie sédentaire, s'est légèrement arrondi) puis ramène les battants sans les fermer tout à fait de façon à renouveler l'air de sa chambre. Il ne lui reste plus que le temps de prendre sa douche.

François ouvre son café à sept heures trente. En général, ses premiers clients sont les ouvriers d'une fabrique de petit outillage électrique enfouie au fond d'une impasse, dont il ne soupçonnait même pas l'existence en arrivant. Sans avoir fait d'étude de marché (même s'il y avait pensé, il n'aurait pas su comment s'y prendre), François supposait que les employés et les passants de la rue principale, la première à droite en partant de chez lui et distante au plus d'une centaine de mètres, en venant se promener au bord du canal, trouveraient automatiquement le chemin de son établissement. Et c'est en effet ce qui se passe les jours d'été, mais dans une faible mesure. (Il n'était bien sûr pas question d'aller distribuer des prospectus sur la voie publique, comme il l'avait fait si souvent avec ses partenaires pour attirer les spectateurs à leurs représentations.)

Bien que le pont piéton soit tout proche, il n'a pas eu non plus le nombreux personnel du siège de l'entreprise pharmaceutique qui lui fait face, de l'autre côté du canal, là où sont les immeubles modernes : ces gens qui font la journée continue ont un restaurant d'entreprise et quittent leur bureau de bonne heure ; à la sortie, ils se précipitent à la gare ou sur leur voiture. Même au printemps, par les fins d'après-midi ensoleillées d'été quand la terrasse installée au bord de l'eau leur tend les bras, il ne leur viendrait pas à l'idée de traverser le pont pour venir s'y détendre un moment en buvant un verre : ceux qui ont soif restent sur l'autre rive. Il peut suffire d'une rue pour séparer les habitants d'une même ville, alors un canal…

En définitive, la clientèle de François est loin de ressembler à ce qu'il imaginait, mais, philosophe, il se dit que l'essentiel est d'en avoir une.

– Salut la compagnie, fait une voix éraillée en ouvrant la porte.

Son premier client est une cliente.

– Bonjour Gilberte, dit François sans se retourner en glissant d'office une tasse sous le percolateur.

Gilberte tient un magasin de brocante dans la même rue, trois numéros plus loin, et vient faire un tour chez François plusieurs fois par jour.

– T'es matinale aujourd'hui, dit-il en lui apportant son café.

– J'attends une livraison. Une armoire de mariage bretonne… très bien sculptée mais un peu grande, j'ai pas pu aller la chercher, même démontée elle rentre pas dans mon break – Tiens, fait-elle comme prise d'une inspiration subite, ça pourrait t'intéresser toi, une belle armoire ancienne pour meubler ton intérieur…? Je te ferai un prix.

Ils se tutoient, mais ce tutoiement ne signifie rien. En arrivant, François s'était promis de ne tutoyer personne, mais c'est difficile de vouvoyer des gens qui viennent chez vous tous les jours et ne tardent pas eux-mêmes à vous tutoyer : on a l'air de les snober, de les remettre à leur place. Il en résulte un tutoiement réciproque un peu contraint : hésitant ou insistant de la part des clients ; et si détaché, évasif de la part de François qu'il se dit parfois que sa réticence doit se sentir et qu'il aurait mieux fait de prendre une fois pour toutes le parti de vouvoyer tout le monde. Il s'en tire en écoutant mais en parlant peu – ce qui lui convient car il n'est pas bavard – et en répondant le plus souvent possible avec des tournures impersonnelles, quoique sur un ton affable.

– Le moderne, c'est plus pratique, dit-il, et les pièces sont petites là-haut.

– Le moderne... de la camelote, oui, marmonne Gilberte. Elle avale une gorgée de son café, et le silence retombe.

– Tu mets pas les infos ?

– Un peu de calme, ça fait pas de mal... (Mais l'absence de fond sonore paraît angoisser la brocanteuse dont le visage empâté a pris une expression désarmée d'enfant)... Ecoute plutôt les oiseaux, ils en ont des choses à raconter les oiseaux...

Elle part d'un rire bref :

– Ha ! T'en as de bonnes, toi ! Les oiseaux... – Vous entendez ça, les gars, dit-elle en s'adressant à trois types qui viennent de franchir la porte, il veut que j'écoute les oiseaux !

Ils gagnent la place la plus éloignée du comptoir sans répondre. Ce sont les ouvriers de la fabrique d'outillage. Ils vont défiler comme ça une vingtaine en l'espace d'un quart d'heure pour boire un petit noir, arrosé ou non, avant d'attaquer leur journée. Pour le moment, ils sont pas d'humeur à parler, ou alors pas pour ne rien dire.

– Qu'est-ce qu'on mange à midi ? demande le plus vieux.

– Boudin purée, comme tous les mardis.

Si François a réussi à se faire une clientèle, sa cuisine y est pour beaucoup. Il ne propose pas des menus compliqués : un plat du jour, et seulement à midi. Les gens vont se servir eux-mêmes les hors-d'œuvre (charcuterie, salade composée) et les desserts (fromages, fruits, crème caramel – en fin de semaine, il ajoute de la tarte aux pommes) sur un chariot. Les carafons de vin rouge (du Cahors, la cuvée du patron) sont posés sur les tables à l'avance. En somme, rien qu'on ne puisse trouver dans des dizaines d'autres établissements.

La différence est que François prépare tout lui-même (comme on dit, c'est de la cuisine à l'huile de bras). Il aime ce travail qui lui rappelle ses jeunes années, quand, après une représentation démoralisante devant une salle aux trois-quarts vide, il cuisinait pour toute la troupe un plat réconfortant qu'ils mangeaient sur une table à tréteaux dressée sur la scène même du théâtre. Deux ou trois fois par semaine, Paulo, un RMIste, vient lui donner un coup de main pour les épluchages (il le fait déjeuner à l'œil et lui refile un peu d'argent). Le lundi, c'est pot-au-feu, la mardi boudin purée, le mercredi hachis Parmentier avec le reste du pot-au-feu haché et la purée de la veille (pas la peine d'avoir fait l'école hôtelière pour penser à ça), le jeudi, lapin en gibelotte... etc ; de temps en temps, il introduit un nouveau plat dans le roulement pour éviter la lassitude. Les gens n'ont pas besoin de parler : rien qu'à voir leur tête en arrivant et en sortant de table, François a le sentiment d'être utile (avec sa purée, surtout, qui leur rappelle celle de leur mère et qu'ils dévorent avec des mines réjouies et goulues d'enfants).

Malgré le prix du menu plus que raisonnable, adapté à sa clientèle, le plus serré qu'on puisse trouver dans un restaurant, tout le monde ne peut pas se permettre de manger chez lui tous les jours. Les ouvriers de la fabrique, par exemple, il y en a qui apportent leur gamelle au travail ; mais même ceux-là trouvent le moyen de déjeuner chez François une ou deux fois par semaine. L'un dans l'autre, il sert facilement trente à quarante repas par jour. Il fait le service tout seul, avec son organisation ce n'est pas la mer à boire ; il est dans la force de l'âge et n'a jamais eu les pieds dans le même sabot. Et sa cuisine, bien qu'un peu petite, est parfaitement équipée : lave-vaisselle professionnel, armoire réfrigérée, superbe « piano » à six feux, tout ce qu'il faut (avec les normes européennes, de toute façon c'est obligatoire). Les gens reviennent tout naturellement là où on leur a donné une nourriture saine : le soir, à l'apéritif, le café est plein. Bref, *Le Café du Canal* est une affaire qui marche.

Faute d'interlocuteurs, Gilberte se résigne à regagner son magasin :

– Bon, et ben je vais faire comme tu dis, je m'en vais discuter avec les oiseaux…

– A tout à l'heure, dit François.

Il commence à penser à son déjeuner. Paulo est déjà en train d'éplucher les pommes de terre, il l'a entendu entrer par la porte de derrière. Pendant deux heures encore, François va devoir s'occuper de la clientèle du matin (cafés-croissants, petits calva, quelques bières – surtout l'été, la bière, il y en a qui commencent de bonne heure…), puis, vers neuf heures trente/dix heures, le café se videra en quelques minutes. Il pourra alors rentrer dans sa cuisine et s'atteler au plat du jour.

François s'installe le plus confortablement possible à une table de la salle et déplie un journal. Après le coup de feu de midi, il pourrait faire une petite sieste, ce n'est pas pour les trois pelés qui se pointent au creux de l'après-midi, mais l'idée de fermer ne serait-ce qu'une heure et qu'un client puisse trouver porte close lui fait l'effet d'une défection, il aurait l'impression de démissionner. Il préfère rester en bas avec son journal, quitte à somnoler devant les pages dépliées. Le silence qui en ce moment remplit la salle, la vue à travers la vitre du feuillage des arbres frémissant sous le vent léger suffisent à le reposer. Comme il l'avait prévu, il ne pleut pas. La surface sombre du canal strié de bandes argentées miroite faiblement sous un soleil pâle.

Soudain François aperçoit quelqu'un qui semble chercher une place à la terrasse. C'est une fille assez grande, vêtue d'un jean et, bizarrement, d'une sévère veste grise aux épaules rembourrées, un veston d'homme. Comme elle se tient la tête penchée, il ne voit pas son visage caché par un rideau de cheveux mi-longs, très bruns, presque noirs. Finalement, elle choisit une table tout au bord du canal et s'y assoit, le dos tourné à la devanture.

François laisse la nouvelle venue tranquille quelques minutes puis se décide à y aller. Bien qu'elle ait certainement entendu son pas sur le gravier, elle reste parfaitement immobile. Elle tient entre ses mains un livre de poche très abîmé, probablement sorti de l'éventaire d'un bouquiniste, qu'elle lit ou feint de lire pour se donner une contenance.

A présent, François est devant la fille, mais il ne distingue toujours pas ses traits : elle garde la tête baissée sur son livre, une frange épaisse recouvre son front. D'un ton dégagé qui suggère qu'elle peut rester là sans rien prendre, il demande :

– Vous voulez quelque chose… ?

– Un demi, dit-elle en levant rapidement les yeux.

François va lui chercher sa bière. Pour ce qu'il a pu entrevoir, elle est jolie, enfin : touchante. Probablement moins jeune que sa silhouette de garçon élancé peut le laisser croire; il lui donne trente, trente-cinq ans.

De retour avec la bière, il la pose devant elle avec une lenteur calculée, mais la fille ne lui accorde pas un regard, ne se fend pas d'un merci ; penaud, François repart en pesant de tout son poids sur le gravier.

A présent, il n'a plus envie de paresser; d'ailleurs, il a du bricolage à faire : la serrure de la porte des toilettes à réparer, un robinet qui goutte, plusieurs ampoules à remplacer, tout ce qui se déglingue à longueur de temps dans un café…

Une heure plus tard (il est maintenant quatre heures et demie), ses réparations effectuées et ses outils rangés, il jette un coup d'œil dehors : la fille est toujours là, devant son verre vide, et toujours penchée sur son livre : elle doit lire pour de bon.

Il attrape un chiffon, retourne à la terrasse et, tout en débarrassant d'un geste négligent les tables des feuilles mortes envolées des tilleuls, remonte insensiblement jusqu'à elle.

– Ça va ?... Vous n'avez besoin de rien ?

– Un autre demi, s'il vous plaît.

Cette fois-ci, elle a dit "S'il vous plaît", avec un sourire mince et bref, comme pour se faire pardonner d'être encore là, de commander une deuxième bière au milieu de l'après-midi. Elle a une voix basse, un timbre grave sans rien de rauque, avec une élocution nette, les mots bien détachés. François est très sensible aux voix. La sienne n'est ni grave ni aiguë, entre les deux, mais étoffée et bien placée : un organe souple et obéissant.

– Le temps commence à se rafraîchir, dit-il en lui apportant son second verre. Le soir, la fraîcheur tombe vite par ici ; vous pouvez vous mettre à l'intérieur si vous voulez.

– Non, dit la fille, c'est bon, ça ira.

François traîne encore un peu autour d'elle :

– Ça a l'air intéressant ce que vous lisez…, risque-t-il avec l'espoir de rencontrer ses yeux encore une fois, d'entendre un peu plus longtemps le son de sa voix.

Il en est pour ses frais.

– Mmm…, fait-elle sans lever le nez de son livre.

François n'insiste pas. D'ailleurs, il a déjà du monde au comptoir, les deux dessinateurs du bureau d'études à côté. Des clients réguliers, on peut même dire ponctuels. Ils s'encouragent l'un l'autre à ne pas consommer d'alcool avant cinq heures, mais le temps doit leur sembler long car il n'est pas rare de les voir débarquer un quart d'heure plus tôt pour boire le petit verre qu'ils s'autorisent avant de retourner finir leur journée.

Ils sont à la fois collègues et amis, de sorte que, comme ils sont tous deux célibataires, ils ne se quittent pas d'une semelle. François ne se souvient pas de les avoir vus une seule fois séparément. L'un est un grand échalas barbu, désinvolte et dépenaillé prénommé Edouard; l'autre, Olivier, est un homme replet et court sur pattes, toujours en costume-cravate, tiré à quatre épingles, et s'il porte lui aussi la barbe, c'est un collier soigneusement taillé. Sa petite taille l'incite à se tenir très droit ce qui, avec son costume de clerc de notaire, confère à toute sa personne un sérieux plutôt comique. Depuis quelque temps il semble qu'il accentue cet air responsable, le croyant de nature à séduire Adèle, une apprentie boulangère de dix-neuf ans dont il est tombé amoureux. Plus que sceptique sur les chances de son ami, Edouard le soutient pourtant – au moins de sa présence – dans son entreprise.

– Ça va les gars ? Qu'est-ce que je vous sers ? dit François en passant derrière son bar.

– Comme d'hab, une petite Côte, répondent d'une même voix les dessinateurs.

– Il y aura bientôt le beaujolais nouveau, remarque Edouard pendant que François remplit leurs verres. Tu crois qu'il sera bon cette année ?

– Je sais pas, avec tout ce qui est tombé en août…

– En juillet aussi, un été pourri.

– C'est rien de le dire… – François ramasse la monnaie posée sur le zinc et s'éloigne, appelé ailleurs.

Les clients commencent à arriver. Il y a des jours comme ça, on dirait qu'ils se sont donné le mot. En les voyant entrer les uns après les autres de si bonne heure, François sait déjà que, ce soir, son café sera plein, et jusqu'à une heure avancée. Il n'a toujours pas compris ce qui détermine ces flux et reflux de clientèle ; c'est imprévisible, bien que le temps qu'il fait y soit parfois pour quelque chose. Quelques arrivants s'installent aux tables de la salle, mais la majorité, surtout les habitués, préfèrent le comptoir, plus propice aux échanges, de sorte que celui-ci est bientôt occupé sur toute sa longueur.

Les gens continuent d'affluer. Et voici Frédérique, la postière, autre cliente régulière, et l'une des plus anciennes, elle vient chez François depuis l'ouverture. Frédérique est employée au bureau de Poste du centre ville et loge dans une HLM de l'autre côté du pont. Comme elle fait le trajet à pied et que le *Café du Canal* est sur son chemin elle s'y arrête presque chaque soir : il se trouve juste à mi-distance de son domicile et de son travail ; assez loin des deux pour la mettre à l'abri des ragots.

Altière, sans un bonsoir, elle va prendre sa place à l'angle du bar, bien en vue, près de l'entrée, s'offrant à l'admiration des clients comme à celle des hommes qui passent dans la rue, qu'elle surveille du coin de l'œil en tapotant sa chevelure. Sans crainte des courants d'air de la porte, elle arrange son décolleté afin de dévoiler le renflement pulpeux entre sa clavicule et ses seins, et avance sa cuisse gauche pour permettre à chacun d'en apprécier le galbe. Bien qu'elle ait déjà un peu de bouteille, quelque chose au milieu de la quarantaine, elle est encore superbe, vraiment un beau morceau. Tous les hommes s'accordent à la juger sculpturale, opinion qu'ils expriment, sans mots superflus, en esquissant dans l'air de leurs deux mains un dessin éloquent de ses formes pleines.

Elle n'est pas là depuis cinq minutes que déjà un groupe d'admirateurs l'entourent, tout farauds et revigorés de se tenir auprès d'une si belle femme. Sachant à quoi ils pensent, Frédérique reçoit leurs hommages avec un mépris moqueur ; d'ailleurs, jeunes et vieux, séduisants ou disgraciés, tous ont leur chance (serait-ce, occasionnellement, contre rémunération).

– Ça va, lui dit François, la journée s'est bien passée ?

– Bof... A la Poste, ils nous donnent de plus en plus de travail. Ils remplacent pas celles qui s'en vont, alors on hérite de leur boulot. –Mais ce n'est pas le genre de personne à se préoccuper du bureau après les heures ouvrables : – Et vous, ça va toujours ? fait-elle en lui décochant un sourire provoquant, plein de sous-entendus.

Au début, comme n'importe quel autre, François a eu droit à des manœuvres de séduction : c'est sa nature, à Frédérique, elle séduit comme elle respire. Comme il feignait de ne s'apercevoir de rien, elle s'est piquée au jeu, et lui a même fait quelques avances, demeurées sans effet. François avait l'esprit ailleurs ; et il ne se voyait pas coucher avec une cliente. Et les choses en sont restées là. Elle est bien foutue, c'est vrai; en plus, elle a même un joli visage : une ossature harmonieuse, les traits fins, des sourcils sombres naturellement bien dessinés. Ce n'est pas qu'il ait peur qu'elle s'incruste : elle tient trop à son indépendance (en fait, malgré son âge, François ne serait pas étonné qu'elle n'ait jamais eu de relation suivie avec quelqu'un). Mais le rapport cynique qu'elle établit d'emblée avec les hommes le gêne, et il surprend parfois une expression dure de ses pupilles noires, un méchant pli à sa bouche. Il est toujours content de la voir, elle est vivante, elle met de l'animation dans le café, mais à part ça, non merci, ça ne lui dit rien.

– Ça baigne, lui répond-il tout uniment. Il commence à faire frais, on sent que l'hiver approche.

Arrive Jean-Pierre, le contremaître de la fabrique d'outillage, qui rejoint le cercle des admirateurs. Oubliant aussitôt François, Frédérique se rengorge. Un beau mec, ce Jean-Pierre, blond, grand, encore mince et musclé à presque cinquante ans, l'air d'un type sûr de lui. Pour le peu que François en sait, avant d'être engagé à la fabrique, il travaillait dans une entreprise d'électricité qui avait pour principal client une société de décoration spécialisée dans l'installation de boutiques de luxe, ces enseignes prestigieuses que les couturiers, malletiers, joailliers ouvrent dans toutes les capitales du monde. Les compagnons qui construisent ces boutiques, agencées au millimètre près, forment une sorte d'aristocratie ouvrière et, de cette époque où il dialoguait avec des architectes d'intérieur connus et d'importants hommes d'affaires, le contremaître a gardé une aura, de l'assurance, même si à la suite d'un enchevêtrement de fusions-acquisitions internationales auxquelles il n'a jamais rien compris, son entreprise a perdu son client et lui, du même coup, son emploi. Il est marié ; sa femme et ses deux fils l'attendent dans un pavillon qu'on devine confortable à vingt kilomètres de là.

A travers la vitre, au-dessus du rideau, apparaît bientôt le visage anxieux d'Adèle, l'apprentie boulangère, qui scrute l'intérieur du café. Constatant que les dessinateurs sont présents, elle se recule vivement et passe son chemin. Par chance, Olivier, qui vidait son verre à cet instant là n'a rien vu. Mais les affaires du pauvre garçon n'ont pas l'air de marcher fort.

Adèle, c'est un étudiant en médecine qu'elle aime; quand elle reconnaît sa moto devant la porte, elle entre; en la voyant entrer, l'étudiant soupire : « La revoilà... ». Lui n'a d'yeux que pour l'épouse d'un voyageur de commerce, qui court après le contremaître de la fabrique, lequel ne pense qu'à s'envoyer la postière, qui n'aime et n'aimera jamais qu'elle-même... Ça n'a pas changé depuis Marivaux.

Au contraire de quelques vieux habitués, trop âgés pour en vivre les affres pour leur propre compte et qui suivent les péripéties de cette ronde amoureuse avec une attention passionnée et sournoise, François se garde bien de se mêler des affaires de cœur de ses clients. Il « oublie » de transmettre les messages, n'entend pas les questions (« *T'as pas vu untel ?... Il était tout seul ?... Unetelle n'a rien laissé pour moi ?...* ») et s'arrange d'une façon générale pour échapper aux confidences. Côté sentiments, quant à lui, il est tranquille depuis un moment et il entend le rester.

Malgré tout, dans un café-restaurant, les gens s'attendent à la présence d'une femme. Certains ne se gênent pas pour le lui faire remarquer, à leur manière délicate (« *Si t'as pas de gonzesse, tout le monde va croire que t'es homo...* »). Des femmes aussi, prenant sa réserve pour de l'indifférence, s'interrogent tout haut devant lui, mine de blaguer. François se contente de rire en haussant les épaules.

Depuis qu'il est là, il y a eu quelques candidates sérieuses, qui se seraient bien vues casées, au chaud l'hiver et au frais l'été, avec ce patron de bistrot qui a l'air d'une bonne pâte. Et alors, adieu à la caisse du supermarché, fini de balayer les mèches de cheveux dans le salon de coiffure ou de taper des courriers barbants sur leur ordinateur, elles deviendraient *quelqu'un.* Tout d'un coup, une fille, une jeune femme commençait à venir plus souvent, soignait son maquillage, faisait des frais de toilette... Et c'était des « *Merci François* », « *S'il vous plaît François* », des sourires engageants, des œillades, de gracieux mouvements de leurs mains aux ongles laqués... Certaines lui proposaient de l'aider, avec tout ce monde à servir, c'était vraiment trop pour un seul homme, pour un homme seul... Les plus culottées ramassaient d'elles-mêmes les verres vides sur les tables et les posaient sur le comptoir, histoire de le mettre sur la voie.

Une femme... Mais quelle femme accepterait d'être mobilisée douze ou quinze heures par jour, de confondre sa vie privée, sa vie familiale avec celle d'un café ? Une fille du métier, peut-être. Alors autant engager une serveuse, tout compte fait ça lui coûterait moins cher et ça lui prendrait moins de temps... Ou bien quelqu'un né dans le milieu, une fille de cafetier. François n'en connaît pas, mais il sait qu'il n'aurait pas de mal à obtenir de son propriétaire, originaire de Rodez, une invitation pour le Bal des Aveyronnais, que ce brave homme se ferait un plaisir de l'aider dans l'intérêt supérieur du Commerce. François irait se choisir une épouse comme une reproductrice à la foire et bientôt trônerait à sa caisse une belle Aveyronnaise près de ses sous... – Il rigole rien que d'y penser.

Comme il s'y attendait, le Café du Canal n'a pas tardé à se remplir, c'est la cohue des grands soirs. Appelé de tous côtés, courant de l'un à l'autre, François avait oublié sa cliente de la terrasse... Il jette un coup d'œil dehors : la fille a disparu. Une seconde, il se demande si elle a réglé ses consommations, l'idée qu'elle est peut-être partie sans payer l'amuse... Intrigué, et puisqu'il doit débarrasser sa table, il va voir : le compte y est, en petite monnaie.

2

Le temps a changé brusquement ; après une petite semaine d'un soleil timide et sans chaleur, la pluie s'est remise à tomber et il pleut sans discontinuer depuis deux jours. François n'a pas vu grand monde de la soirée ; ceux de ses habitués qui s'étaient risqués jusqu'au café ont fait une brève apparition et se sont dépêchés de rentrer chez eux. Il ne reste plus que cinq clients au comptoir, quatre piliers de bars du quartier, des irréductibles, et une vieille retraitée des Galeries Lafayette qui loge au deuxième étage de l'immeuble et que François fera passer par la cuisine pour lui éviter de se mouiller quand elle remontera chez elle. Retardant le moment de se retrouver seuls, les derniers clients méditent, l'air mélancolique, au-dessus de leur verre, ou parlent entre eux à voix basse en se réglant spontanément sur le niveau d'une radio musicale qui joue en sourdine, rythmée par le tambourinement de la pluie au dehors.

Il est presque huit heures maintenant et l'averse n'a pas l'air de vouloir s'arrêter. Elle redouble, au contraire : c'est un martèlement furieux sur l'asphalte et sur le gravier. François commence à se dire qu'il ne viendra plus personne, que les gens qui sont là ne vont pas s'éterniser et qu'il pourra enfin aller se coucher…

Et puis elle entre. Il croyait l'avoir oubliée, mais son image devait flotter quelque part dans sa mémoire car, bien qu'il n'ait d'abord aperçu, se glissant derrière le battant, que l'épaule de sa veste, il a tout de suite su que c'était elle : la fille de la terrasse.

Après avoir refermé la porte, elle s'arrête un instant sur le seuil. Elle n'a pas d'imperméable, et pas non plus de parapluie ; ses cheveux ne sont protégés que par un de ces morceaux de plastique transparent pliés en accordéon qu'on trouve dans les Monoprix. Sa frange noire est mouillée, des gouttes de pluie ruissellent sur son front et sur ses joues. Elle retire sa capuche, la secoue sur le paillasson de l'entrée, paraît hésiter. Une fraction de seconde, François – qui à cet instant n'est pas derrière son bar mais au milieu de la salle – a l'impression qu'elle le cherche ; leurs regards se croisent, aussitôt détournés. Puis la fille enfonce sa capuche dans sa poche et va s'asseoir sur la banquette, au coin de la vitre, tout au fond de la salle vide.

François est déjà près d'elle :

– Bonsoir… Vous voulez vous sécher ?

– Non merci, ça ira.

– Je peux vous prêter un séchoir, si vous voulez… un séchoir à main. Il y a une prise dans les toilettes.

– Ça va sécher tout seul.

Elle s'essuie le visage avec un kleenex. Les épaules de sa veste sont trempées, leurs épaulettes doivent être gorgées d'eau comme des éponges.

– Enlevez au moins votre veste, vous pourriez attraper du mal.

– Apportez-moi un demi.

Elle a levé la tête pour demander sa bière. Quelque chose de vague, de voilé dans ses yeux fait penser à François que ce n'est pas la première de la soirée. Ses yeux sont gris, songe-t-il en se dirigeant vers le bar; la dernière fois il les avait vus bleus.

Quand il revient, elle a quand même ôté sa veste, qui gît en tapon à côté d'elle sur la banquette. Sans rien dire, François la ramasse et va l'accrocher au portemanteau ; c'est bien un veston d'homme, comme il avait pensé le premier jour, défraîchi, le genre de vêtements qu'on se procure aux Puces ou chez Emmaüs.

Les clients du comptoir regardent dans la direction de la nouvelle venue avec un intérêt dubitatif. Elle les ignore, fixant un point très loin au-dessus d'eux.

Elle porte un pull noir qui moule des épaules fines mais larges (elle peut se permettre de porter une veste d'homme, juge François, au moins la première taille). Ses seins sont petits, on les devine à peine sous le pull noir qui fait ressortir son teint pâle. Elle a des pommettes hautes, un nez court et droit. Les mèches humides de sa frange, collées par paquets, découvrent un trait singulier de son visage que François n'avait pas remarqué la première fois : il n'y a pas de creux entre la base du front et le départ de l'arête du nez; de profil, la ligne de son front forme avec l'arête un angle ouvert, à la pointe à peine arrondie. Ce trait physique lui fait une physionomie étrange, rare, certes pas *sympathique*.

François retourne derrière son bar en affichant un air préoccupé, sans plus s'intéresser à ses clients.

Ceux-ci ont dû sentir qu'il se passait quelque chose car, la pluie un instant calmée, le premier qui se décide à partir semble donner le signal : les autres s'éclipsent après lui en quelques minutes. Et François se retrouve seul avec la fille.

Elle paraît sur le point de s'en aller, elle aussi : elle a déjà posé de l'argent sur la table et vide son verre d'un trait. Pris d'une inexplicable panique, François se hâte au devant d'elle.

– Attendez... Je vais dîner, là... Vous voulez pas me tenir compagnie ? Je suis tout seul...

Sans feindre la surprise, sans faire semblant d'hésiter, elle répond par un mouvement de tête imprécis qui peut passer pour un acquiescement.

– Vous auriez pas une cigarette ?

– Des gauloises, c'est tout ce que je peux vous offrir.

– Ça ira.

Pendant qu'il met la table, elle semble se désintéresser de lui, continuant de fixer un point au loin en tirant sur sa cigarette. Le couvert mis – il a même allumé un petit abat-jour pour faire plus intime –, François dispose les hors-d'œuvre avec grâce, salade de tomates et pâté maison, en homme qui sait que sa cuisine fait partie de son charme.

– On y va ?

La fille le rejoint à pas lents, retenus. Elle a une démarche heurtée qui révèle un léger déséquilibre latéral. Rien d'élégant ni de souple dans cette démarche. François se dit que l'immobilité lui va mieux.

– Il y a de la blanquette ou du lapin d'hier, annonce-t-il, le civet sera encore meilleur réchauffé.

– Comme vous voudrez… (Mais François attend une réponse) –Lapin.

Maintenant qu'ils sont en tête à tête, tout près l'un de l'autre de chaque côté de la petite table, qu'il tient cette drôle de fille en face de lui, François ne sait plus que lui sourire bêtement. La timidité des débuts… Et elle ne l'aide pas, ne prend même pas la peine de lui renvoyer son sourire ; elle le voit, le *reçoit*, mais reste parfaitement impassible. Elle laisse venir. François aurait cent questions à lui poser mais, bien sûr, il n'en fait rien, il aurait l'air de lui faire payer son dîner…Tout juste s'il ose lui demander son nom.

– Marie-Ange. Mais tout le monde m'appelle Ange.

(Tout le monde ? Elle paraît si seule…).

Il répète :

– Ange… C'est pas un prénom de garçon ?

– Les anges n'ont pas de sexe.

François sourit encore une fois et lui sert un peu de vin. Cette réponse décalée, poétique lui inspire une question, une bonne question qui montre qu'il ne l'avait pas oubliée, qu'il s'intéresse à elle, mais qui ne risque pas de paraître indiscrète :

– Et bien, Ange, je me suis demandé ce que vous lisiez l'autre jour, à la terrasse…

– Pierre Louÿs, *La Femme et le pantin*… Vous connaissez ?

L'intonation est légèrement condescendante, elle a l'air d'en douter.

– Oui.

– Vous l'avez lu ?

– Non, mais je sais ce que c'est.

– Evidemment… il y a eu le film.

Parler de cinéma ou d'un livre est un moyen peu compromettant de faire connaissance. François, qui a vu le film de Bunuel en dit quelques mots. Cependant même ce sujet anodin ne suffit pas à mettre son interlocutrice à l'aise ; elle réagit aux remarques de François d'une manière tendue, un rien agressive, à la façon de quelqu'un qui craint de n'être pas compris.

Cet état de tension est sensible jusque dans sa façon de manger. On ne peut pas dire qu'elle chipote, non, on a plutôt l'impression qu'elle s'applique : elle coupe sa viande et avale les bouchées méthodiquement, apparemment sans plaisir et sans faim, juste parce qu'il faut bien se nourrir si on veut rester vivant. Côté boisson, elle se surveille : quand son verre est vide, elle détourne pudiquement les yeux de la carafe de vin, à la manière d'un chat qui résiste à l'envie de sauter sur un rôti. François la sert régulièrement, mais à petites doses, veillant à lui imposer un rythme modéré.

– Je ne vous avais jamais vue par ici… Vous n'êtes pas du coin ?

– Non, je viens de Paris. Pour le moment j'habite chez un copain, par là-bas (d'un mouvement bref du menton, elle désigne le quartier des grands immeubles sur l'autre rive du canal)… C'est provisoire.

– Et vous vous promenez souvent sous la pluie battante ?

– Ça m'est égal, j'aime bien la pluie. (Mais qui croirait qu'on puisse se balader pour son plaisir sous une pareille trombe d'eau ?) – Il recevait quelqu'un ce soir, consent-elle à expliquer, c'est juste pour quelques heures.

— Alors comme ça vous êtes parisienne, dit François.

— Je suis née en Auvergne.

— A quel endroit ?

— Puy-de-Dôme.

Elle replonge dans son assiette, lui signifiant ainsi que le chapitre des questions personnelles est clos. Ange n'a pas l'air d'une personne encline à se raconter ; ce n'est pas une femme qui se livre, qui cherche à plaire, c'est le moins qu'on puisse dire.

— Ils viennent de construire un beau viaduc en Auvergne, dit François évitant les sujets personnels.

— Quel viaduc ?

— Le viaduc de Millau.

— C'est pas en Auvergne.

— Millau, c'est pas dans le Massif Central ?

— C'est dans la région Midi-Pyrénées... l'Aveyron, précise-t-elle avec un soupçon d'impatience.

— Ah c'est vrai, s'exclame François, confus, j'avais oublié. — Encore un peu de civet ?

Ange fait signe que non ; et elle doit avoir le sentiment d'en avoir assez dit pour la soirée, car à partir de là, elle laisse François assumer seul les frais de la conversation, ne se manifestant qu'au moyen de monosyllabes ou par de petits hochements de tête. Pourtant François est certain qu'elle est revenue pour lui : le premier jour, à la terrasse, elle avait dû sentir qu'elle lui plaisait, qu'elle l'intriguait (les femmes sentent ces choses, souvent avant l'intéressé lui-même); tout au moins qu'elle serait bienvenue, bien reçue, qu'on ne la regarderait pas avec méfiance ou avec dégoût, comme elle doit n'en avoir que trop l'habitude. Sachant cela, elle pourrait se détendre, se livrer un peu ; au lieu de quoi elle reste sur la défensive, quasi muette.

Et, à mesure que la soirée avance, François se lasse de parler tout seul. La façon qu'a cette femme d'abandonner tous les efforts à l'autre en s'enveloppant elle-même de mystère finit par le mettre mal à l'aise. Tout compte fait, elle ne lui plaît pas tellement, il regretterait presque de l'avoir invitée. Il en arrive à ne plus lui parler que pour le nécessaire (*Un peu de salade ?... Qu'est-ce qui vous ferait plaisir comme dessert ?... Vous voulez du café ?...*), laissant de longs et embarrassants silences s'installer entre eux. A la fin du repas, quand, le reste de son vin avalé, Ange se lève et va décrocher sa veste au portemanteau, il n'essaie pas de la retenir.

En l'accompagnant à la porte, il constate que la pluie a cessé. Mais une voûte d'invisibles nuages entretient une obscurité épaisse. Les abords du canal sont éclairés par des lampadaires assez rapprochés, mais François sait que de l'autre côté, quand son invitée se sera éloignée des quais, qu'elle s'enfoncera dans les allées entre les barres d'immeubles, les lampadaires se feront de plus en plus rares et qu'elle devra marcher de longues minutes dans la nuit noire.

Il propose, prêt à la reconduire chez elle :

– Vous n'avez pas peur de rentrer toute seule ?...

Elle le regarde avec étonnement, puis se met à rire; c'est la première fois que François l'entend rire et ce n'est pas un rire gai, plutôt une sorte d'exclamation ironique et douloureuse.

– ... Je peux vous raccompagner si vous voulez.

– Merci, mais il ne pleut plus. Ça me fera du bien de marcher un peu.

– Laissez-moi au moins vous prêter un parapluie, la pluie pourrait se remettre à tomber.

– Non, ça ira. J'ai ma capuche.

Elle a refusé qu'il la raccompagne, sûrement pour qu'il ne découvre pas son adresse ; et maintenant elle refuse le parapluie, qui aurait pourtant fait un excellent prétexte pour se revoir...

– Leur tête à tête n'a pas dû l'emballer non plus.

François se tait, se contente de l'observer pendant qu'elle couvre ses cheveux de son petit accordéon de plastique et en noue le lien sous son menton. Et soudain, sans réfléchir et sans en avoir vraiment envie, peut-être à cause de ce rire blessé qu'il a encore dans l'oreille, ou peut-être à cause de l'extraordinaire impression de dénuement et d'abandon qu'il éprouve en la regardant, il s'entend lui demander :

– Ça vous dirait de venir déjeuner dimanche ? C'est mon jour de fermeture.

François n'était pas certain qu'elle viendrait, il n'était pas non plus certain d'y tenir, mais le surlendemain, à midi et demi tapant, Ange a frappé au volet. Après déjeuner, ils ont même fait l'amour, ce qui n'était pas au programme. François avait seulement l'intention de l'emmener faire un tour l'après-midi sur les bords de la Seine, comme il le fait lui-même chaque dimanche afin de s'aérer un peu. Mais quand il est remonté dans son appartement pour chercher son blouson, Ange l'a suivi.

Pendant qu'il fouillait dans la penderie, elle se tenait debout au milieu de la pièce, dans l'axe de la fenêtre, en plein dans la lumière du jour ; en se retournant, il a remarqué qu'elle s'était légèrement maquillée : un peu de bleu aux paupières, du blush sur ses joues pâles. Elle le regardait, l'air d'attendre quelque chose, et son visage exprimait tant de détresse inconsciente, une telle fragilité que François s'est approché d'elle et l'a prise dans ses bras. Il a senti qu'elle s'agrippait à lui, et de fil en aiguille...

Le sexe n'a jamais été une préoccupation majeure pour François. Il ne se souvient pas d'avoir jamais « cherché une femme », comme cela arrive à la plupart des hommes. Même dans sa jeunesse, il ne se rappelle pas avoir connu cet état d'urgence. Les comédiens peuvent être à la fois très seuls et très proches : ils se comprennent et se rejoignent facilement; coucher ensemble, c'est aussi une façon de prolonger la chaleur, la relative sécurité du groupe. Comme tout le monde, il est parfois tombé amoureux, ça a bien dû lui arriver deux ou trois fois, sans que ces histoires se prolongent plus de quelques mois. Comment deux acteurs occupés à ramer chacun pour soi, sans aucun moyen de s'aider l'un l'autre auraient-ils pu construire une relation durable...

Mais, depuis qu'il a quitté le milieu, sa sexualité est complètement engourdie. En deux ans, il n'a connu que des rencontres de hasard, payantes ou non, de préférence loin de chez lui. Sa métamorphose de comédien en bistrotier, le long travail intérieur nécessaire – puisqu'on ne devient pas *un autre homme* – pour faire coexister l'ancien et le nouveau François, aux préoccupations si éloignées, le rend indifférent au reste, indisponible. Si actif qu'il soit en apparence, il est mentalement immobile, attentif à lui-même comme un boa pendant la mue.

Ce premier contact avec Ange a été bref, pour ne pas dire expéditif. Elle ne lui avait pas laissé le temps d'y penser, d'en avoir envie, il n'y avait pas eu de jeu, d'attente. Ils ont un peu tâtonné, se sont cherchés maladroitement et puis ça a été tout de suite fini. C'est souvent le cas la première fois et Ange n'a pas paru déçue : elle croyait peut-être qu'ils allaient recommencer mais, à François, ça ne lui disait plus rien. Comme elle réclamait une cigarette, il s'est levé pour la lui chercher et il n'est pas revenu se coucher près d'elle. Au lieu de ça, il a ouvert tout grand la fenêtre, laissant s'engouffrer un grand souffle d'air dans la chambre. La pluie torrentielle de l'avant-veille avait tout lavé, le ciel était clair, un soleil presque blanc parsemait le muret de pierre du canal et le gravier du terre-plein de minuscules éclats métalliques. Il a proposé sur un ton enjoué :

– Alors on la fait, cette promenade ?

Tout ce que François possède comme voiture, c'est un break Renault aux sièges arrière rabattus qu'il utilise pour son approvisionnement et où flotte en permanence une légère odeur de légumes. A la différence de la plupart de ses passagers qui ne peuvent s'empêcher d'en plaisanter quand ils montent, Ange s'est assise à côté de lui sans faire d'observation. Durant leur demi-heure de trajet jusqu'à la Seine et ensuite, pendant qu'ils se promenaient à pied sur ses rives, François l'a sentie plus détendue, plus libre que le premier soir. Elle n'était pas devenue beaucoup plus bavarde, mais les silences entre eux étaient moins pesants ; et désormais, puisqu'ils avaient couché ensemble, ils se tutoyaient. Malgré tout, François se sentait très loin d'elle. Le peu qui s'était passé entre eux au début de l'après-midi ne les avait pas vraiment rapprochés. Et s'il la tenait affectueusement par la main ou par les épaules, c'était plutôt par compassion, pour qu'au moins elle sentît un peu d'amitié.

A un moment, Ange s'est arrêtée au milieu du chemin qui suivait la rive pour admirer le paysage : sous un ciel mauve, des bouquets d'arbres au tronc mince et aux branches dénudées, se penchaient jusqu'à la toucher sur la Seine qui, après ce qu'il était tombé les derniers jours, paraissait près de déborder. « Regarde, a-t-elle dit, on dirait un tableau de Sisley, il en a peint plusieurs par ici… ». François n'avait pas d'opinion ; s'il connaissait le nom du peintre, il aurait été bien en peine de reconnaître un de ses tableaux. Il a demandé à Ange si elle avait fait des études. Elle a répondu qu'elle n'avait que son bac mais que, à Paris, elle passait beaucoup de temps dans les bibliothèques parce qu'elle n'avait rien d'autre à faire. Il ne lui a pas demandé de quoi elle vivait; il avait déjà son idée là-dessus.

Le soir, ils ont dîné dans une auberge du bord de l'eau. Comme il commençait à faire frais, ils sont entrés à l'intérieur. L'endroit était simple et tranquille. Il n'y avait que trois autres couples dans la salle, installés à des tables espacées. Ils en ont choisi une près de la cheminée où flambaient quelques bûches. Pour accompagner leur repas, François a commandé un médoc, qu'Ange a paru apprécier. Les yeux brillants, le teint allumé par le vin et par le grand air, elle avait presque l'air heureux. Mais ce qu'elle prenait peut-être pour un dîner d'amoureux, n'était rien de plus pour

François qu'une façon délicate de prendre congé. Il n'avait pas l'intention de ramener Ange chez lui et n'avait pas voulu la raccompagner trop vite.

Sur le chemin du retour, il lui a dit qu'il devait se lever tôt le lendemain et lui a demandé son adresse. Ange l'a guidé jusqu'à son immeuble, dans le quartier neuf. Arrivé là, il a pris son numéro de téléphone et l'a embrassée sur la joue. Elle est encore restée dans la voiture quelques secondes, elle semblait avoir du mal à partir. Finalement, au prix d'un effort sur elle-même, elle a ouvert la portière et elle est sortie. Elle avait l'air déçue mais n'a pas soufflé mot.

Cinq jours ont passé depuis ce dimanche un peu languissant, indécis, et François n'a pas cessé de penser à elle ; à sa voix grave, à son extraordinaire profil, à ses yeux gris si difficiles à rencontrer... Et aussi à sa joie pendant leur promenade, qu'elle se retenait de montrer mais qui se devinait à la vivacité de son teint, à la lumière de ses yeux ; et même, par instants, à sa façon de parler, spontanée, presque normale – une joie qu'il est encore tout surpris d'avoir pu susciter. Il revoit le voile de tristesse sur son visage quand il lui a annoncé qu'il la reconduisait chez elle et, devant son immeuble, son hésitation, l'effort qu'elle avait dû faire pour descendre de voiture, comme si on la forçait à s'arracher à un lieu sûr pour se replonger dans un monde hostile et froid.

Il ne lui a pas téléphoné depuis et elle n'a pas fait signe non plus mais, ce soir, il a bon espoir de la voir. On est vendredi et le vendredi est le jour des femmes, le dernier jour ouvré de la semaine est leur jour de sortie.

Adèle est là depuis un moment, elle attend son étudiant en médecine. Bien que la semaine soit loin d'être terminée pour elle qui travaille le samedi et le dimanche à la boulangerie, elle s'est fait belle : l'inévitable jean (on dirait que les filles ne savent plus rien porter d'autre) mais avec un corsage d'organdi très coquet, transparences, ruban et volants à trous-trous. Une barrette ornée de strass retient ses cheveux bouclés. Comme toujours, elle est trop maquillée : à dix-neuf ans, avec ses joues rondes, Adèle en paraît à peine seize et croit qu'un maquillage outré la fait paraître plus femme, alors que c'est tout le contraire : il lui donne l'air d'une petite fille qui joue à la dame. Enfin, tout ça, c'est pour l'étudiant, même si elle ignore s'il viendra – il ne lui donne jamais rendez-vous – ni, s'il vient, si ce soir il voudra bien d'elle.

Accompagné de son compréhensif et patient alter ego, Olivier, le dessinateur, surveille de loin la jeune boulangère. Ce qu'il espère, lui, c'est que le garçon qu'elle attend ne viendra pas ou qu'il repartira sans elle. Il pourra alors s'approcher et l'inviter à dîner (avant, il sait que ce serait inutile). Désappointée et triste dans son joli corsage, plutôt que de rentrer trop tôt chez ses parents et d'affronter le regard apitoyé de sa mère, Adèle acceptera peut-être sa compagnie… – Ça fait plusieurs semaines que dure ce manège.

Frédérique est à sa place habituelle, au retour du comptoir, vêtue d'une chemise de velours vermillon déboutonnée jusqu'au sillon entre ses seins. En s'approchant pour la servir, François a senti les effluves d'un parfum peu subtil, probablement une de ces copies d'essences de grandes marques qu'on trouve pour une dizaine d'euros sur les marchés, dont il ne reste plus qu'à espérer qu'il se dissipera très vite. Pour elle, ce soir, tout va bien : elle est entourée d'une cour d'admirateurs qui se disputent l'honneur de lui offrir un verre et rient servilement à ses boutades, même quand ils n'ont rien entendu. Et pas de rivale en vue : personne pour, selon son étrange expression, lui *voler la vedette* (ce qui sous-entend que celle-ci lui revient de droit). Qu'une autre jolie femme se risque à parler plus fort qu'elle ou obtienne un brin de succès en sa présence, aussitôt avec une détente, une rapidité sauvage, Frédérique éclate en une protestation bruyante de babouine ameutant sa troupe : « Elle essaie de me voler la vedette ! ». (Elle *essaie*, l'inconsciente, la présomptueuse...) – Bizarrement, jamais personne ne songe à lui contester sa suprématie.

Le contremaître de la fabrique est près d'elle, il attend qu'elle se décide à partir. Il y a presque une heure qu'il est là et, tout en s'efforçant de faire bonne figure, il commence à s'impatienter, on le voit consulter de plus en plus fréquemment sa montre. Frédérique lui a déjà accordé ses faveurs mais depuis, comme elle dit, elle lui tient la dragée haute, ce à quoi le bonhomme n'est pas habitué. Lui, ce qui lui plairait, ce serait de coucher avec elle deux fois par semaine et qu'elle lui donne rendez-vous directement chez elle. Après son travail, il la rejoindrait dans son logement de célibataire où elle aurait préparé un gentil repas à son intention et dans lequel, en remerciement, il effectuerait à l'occasion quelques travaux de bricolage. Il passerait là deux ou trois heures puis, ses désirs assouvis, s'en irait paisiblement retrouver son épouse avec la bonne conscience du père de famille rentré avant minuit.

Hélas pour lui, Frédérique n'est pas sentimentale. Après une semaine de tâches ingrates et répétitives à la poste, sous les regards concupiscents, à la limite du harcèlement d'un chef de bureau qui s'ingénie à exprimer avec ses yeux les cochonneries qu'il n'ose prononcer, les gestes déplacés qu'il retient par crainte de compromettre son avancement, tout ce qu'elle veut c'est voir du monde, boire des petits verres, rigoler un peu.

Une qui ne demanderait pas mieux que d'être agréable au beau contremaître, c'est Yvonne, la femme du voyageur de commerce. Avec elle aussi, il a eu une petite aventure, une histoire d'une quinzaine de jours, en juillet dernier. En l'absence de son mari parti en tournée et de sa fille qui faisait un stage linguistique en Espagne, elle le recevait à son domicile où elle le comblait de gentilles attentions. Ça l'arrangeait, Yvonne, qu'il ne passe pas la nuit chez elle : pour une femme mariée, c'est tout de même plus discret. Malheureusement cette quinzaine idyllique avait passé trop vite; en août, le mari et la fille étaient rentrés chez eux et toute la famille était partie en vacances. Au retour (sans trop savoir comment puisque en présence de sa fille elle ne pouvait plus recevoir son amant chez elle), Yvonne espérait bien que leur relation reprendrait son cours. Malheureusement, entre temps, le contremaître s'était mis avec la postière.

La présence insistante de l'ex-amant d'Yvonne à ses côtés, l'état de sujétion où elle le tient sous les yeux de la maîtresse délaissée qui les observe tristement à l'autre bout du comptoir, procure à Frédérique une joie profonde, un sentiment de plénitude qui soulève sa poitrine et imprime à la commissure de ses lèvres un pli permanent de satisfaction. Ce n'est pas qu'elle soit foncièrement méchante. On l'étonnerait en lui remontrant qu'elle fait souffrir quelqu'un (*Quoi ?... Hein ?... J'ai rien fait, moi...*). Mais les blessures du cœur lui sont étrangères, elle ne connaît que les blessures d'amour-propre. Pour elle, tout se ramène à une question de suprématie : pour établir et consolider la sienne, Frédérique mène une guerre contre toutes les femmes, une bonne guerre, brutale et saine.

En remontant de la cave où il était allé chercher des bouteilles, François reconnaît Ange dans la foule qui se presse au bar. Elle a dû arriver pendant qu'il était en bas. Loin de s'imposer, elle se tient discrètement derrière les autres. Son regard croisant celui de François, elle lui adresse un de ses brefs sourires et recule d'un pas en baissant la tête, lui laissant implicitement le choix de la traiter comme n'importe quelle cliente. Aujourd'hui, elle n'a pas mis de blush, son teint est très pâle et elle a ce vague dans les yeux que François commence à reconnaître : il est plus de dix heures et elle a déjà dû ingurgiter pas mal de bières. Il en pose une d'office sur le zinc en lui faisant signe d'approcher.

– Ça va ?

Ange acquiesce d'un battement de paupières.

Tout d'un coup François se sent très heureux, ça lui a fait un choc au cœur de la voir. Pour l'instant, il n'a pas le temps de s'occuper d'elle, mais, tout en continuant ses allées et venues, il lui adresse de loin des sourires affectueux.

Au bout d'un moment, de peur qu'elle ne s'ennuie et continue à boire, il lui chuchote en lui glissant discrètement sa clé :

– Tu peux aller m'attendre en haut, si tu veux. J'en ai encore pour une petite heure. Passe par la porte de la rue. Il y a tout ce qu'il faut dans l'appartement, sers-toi ce que tu veux, mets la télé... Je te rejoins le plus vite possible.

Ange referme sa main sur la clé.

Normalement, François tire son rideau à onze heures. Mais les week-ends, il n'est pas rare que la soirée se prolonge et il est minuit largement passé quand il parvient à fermer sur ses derniers clients et à remonter à l'appartement.

Ange s'est endormie toute habillée, à côté d'un verre de whisky à peine entamé et d'une bouteille dont François, qui en vérifie machinalement le niveau, constate qu'elle n'a presque rien bu. Elle est étendue de tout son long sur le canapé, les pieds sur un accoudoir, la tête dans les coussins entassés ; dans la lumière tamisée de l'abat-jour, son visage paraît lisse, reposé ; elle fait entendre un léger ronflement.

François reste un instant à la regarder dormir, profitant du calme et de la pénombre qui l'apaisent après les vives lumières et le boucan d'en bas, puis il la réveille d'une caresse dans les cheveux.

– J'ai dormi ? dit Ange en ouvrant les yeux. Quelle heure il est ?

– Minuit vingt. Ils voulaient plus partir.

Elle se redresse et regarde autour d'elle, comme surprise de se réveiller dans ce nouveau décor. François va se chercher un verre et se sert un whisky.

– Qu'est-ce que tu as fait ? Tu ne t'es pas trop ennuyée ?

– J'ai regardé la télé : il y avait un film, un truc hongrois sous-titré, je sais plus quoi ; j'ai éteint au milieu.

Il se laisse tomber sur le canapé et entoure les épaules d'Ange de son bras.

– Excuse-moi, j'ai pas pu remonter plus vite.

– C'est pas grave. J'étais bien, ici.

– Qu'est-ce que tu as fait aujourd'hui ?

– Rien de spécial, dit-elle en nichant sa tête dans son cou.

François cherche ses lèvres en la serrant plus fort. Il se sent tout à fait bien à présent. La chaleur du whisky qui l'envahit, le corps tiède de cette femme silencieuse contre lui l'ont complètement détendu. Maintenant, il a vraiment envie de la tenir toute entière dans ses bras.

– On va se coucher ?

Cette fois, cette deuxième fois, il lui fait l'amour en prenant son temps, en prenant temps de la regarder. Ange est belle. Elle possède un corps à la fois structuré et délicat, – épaules larges, hanches minces, jambes fines, – une silhouette qui évoque les figures de l'Egypte ancienne (jusqu'à ses longs pieds qui font penser à ceux des personnages des fresques et des papyrus). Maîtrisant sa curiosité, l'émotion violente de la découverte, il approche ce corps avec une douceur attentive. Au début, Ange reste immobile, dans une attente craintive, et puis, mise en confiance par la délicatesse de François, elle se laisse aller, commence à lui répondre, se révèle une partenaire active, vibrante. Il croit sentir un élan sincère.

Le lendemain, comme chaque matin, la pendulette de la table de nuit sonne à six heures trente. François se hâte de la faire taire pour ne pas réveiller Ange qui dort à poings fermés, les mèches brunes de sa frange et son drôle de nez émergeant des draps. Il y a longtemps que François ne s'est pas réveillé à côté d'une femme, il ne saurait plus dire quand c'était, ni avec qui. Il en est remué et ça lui fait un peu peur. Mais il est encore jeune, il sait bien qu'il ne pouvait pas continuer comme ça éternellement, dévoré par les tâches matérielles, inaccessible à l'amour, avec une sexualité assoupie. Il faut bien vivre, prendre des risques, essayer d'être heureux... Et, heureux, ce matin il l'est ! Et comment ! Il se sent plein d'une joie violente, une exultation physique qui l'empêche de sentir le manque de sommeil bien que, dans tout ça, il ait à peine dormi quatre heures.

Il prend une douche froide et descend dans la cuisine se préparer un café très fort. Paulo ne vient pas aujourd'hui et François devra se débrouiller seul pour le repas de midi (gigot haricots verts, comme tous les samedis). C'est aussi le jour de la tarte aux pommes ; il en prépare quatre à la fois, qu'il fait cuire à la dernière minute pour les servir encore tièdes (ses clients en raffolent : il n'en reste pratiquement jamais). Le cœur débordant de l'envie de faire plaisir, François se met au travail en sifflotant.

Trois heures plus tard – il est en train d'éplucher et de couper ses reinettes en tranches –, Ange fait son apparition dans la cuisine, le teint brouillé, les cheveux en pétard. Elle s'est contentée d'enfiler son jean et un pull de François sur son T-shirt ; elle a tout à fait l'air d'un ado.

– Je t'ai emprunté un pull, je l'ai trouvé sur une chaise.

– T'as bien fait.

Il interrompt ses épluchages pour lui servir une tasse de café.

– Tu veux une tartine ?

– Non merci. J'ai jamais faim le matin. T'as pas une cigarette ?

– Elles sont de l'autre côté. En principe, on évite de fumer dans la cuisine.

Ange n'insiste pas et s'assoit en face de lui. Son café bu, sans qu'il le lui demande, elle commence à garnir la pâte étalée dans un moule de tranches de pommes. Elle les dispose avec application, les plus grandes près du bord, les autres par ordre de taille décroissant jusqu'au milieu, en les faisant se chevaucher minutieusement.

– Tu fais ça très bien, remarque François, n'osant lui suggérer de se laver les mains.

– Je le faisais chez ma mère, dit Ange.

– Tu l'as toujours, ta mère ?

– Il y a pas de raison.

– Elle est à Paris ?

– Non, elle vit à Clermont. C'est là que je suis née, à Clermont-Ferrand. J'ai fait mes études au lycée Fénelon.

– Ton père aussi, il vit à Clermont ?

– Lui, il est mort. De toute façon, je le voyais pas beaucoup, il s'est barré quand j'avais trois ans. C'est ma mère qui m'a élevée, elle travaillait chez Michelin. Elle a eu de la chance, maman, ils l'ont mise en pré-retraite. Pour elle, tout va bien maintenant, elle a sa pension, elle mène sa petite vie, elle se plaint pas. – Elle dit toujours ça, ajoute Ange avec un petit rire : « *Je me plains pas.* » – Enfermée dans son F3, après ving-huit ans d'usine…

– Enfermée ?

Ange balaie la question d'un haussement d'épaule :

– C'est une image… Ça veut dire qu'elle n'a pas le choix, elle est coincée là.

Elle promène un regard approbateur autour d'elle, sur les ustensiles étincelants, l'armoire frigorifique plaquée de chêne ciré, les volumineux appareils en inox qui meublent la pièce, et remarque pour changer de sujet :

– Elle est drôlement bien équipée, ta cuisine. Tout est impeccable ici.

– C'est obligatoire, dit François. Les règlements.

– Ah, les règlements…

– La réglementation européenne. On est toujours à la merci d'une inspection. Ils peuvent t'obliger à fermer si t'es pas conforme.

– T'as raison, approuve Ange avec ironie et considérant les choses sous un angle plus général, vaut mieux être conforme…

– Et toi tu voulais pas rester à Clermont ? dit François, revenant à ses moutons.

– Pour quoi faire ? C'est un trou.

– Alors après ton bac, t'es montée à Paris…

– Pas tout de suite. J'ai d'abord été en faculté, pour faire un DEUG de lettres.

– Tu voulais être prof ?

– Pas forcément. A cette époque, je me serais plutôt vue journaliste à la télé, reporter, quelque chose comme ça… J'avais surtout envie de me tirer de Clermont. Ça n'a pas marché.

– Quoi, qu'est-ce qui n'a pas marché ?

– La fac…

– T'as raté ta première année ?

– Je suis même pas restée jusqu'à la fin. Au bout de quatre mois, j'ai laissé tomber, y avait une sale ambiance.

– Qu'est-ce que tu veux dire ?

– Tu sais pas ce que c'est qu'une ville de province… C'était à la fin des années quatre-vingt;

la liberté des années soixante-dix, c'était fini. Alors une fille d'ouvrière en fac de Lettres, autant dire le monde à l'envers. Il y avait une bande surtout, des morveuses de la bourgeoisie clermontoise, elles se sont liguées contre moi, et pas seulement les filles... Ils m'ont humiliée.

– T'u n'étais pas forcée d'en tenir compte.

Ange hausse les épaules :

– J'étais qu'une gosse, j'avais même pas dix-huit ans. On m'avait fait sauter la classe de CP à la communale parce que je savais déjà lire en arrivant; j'avais appris toute seule, tu sais, avec les livres d'enfants... Ça me faisait un an d'avance; pendant toute ma scolarité, j'étais la plus jeune.

– Et c'est à ce moment-là que t'es partie pour Paris...

– Pas tout de suite. Maman m'a fait entrer chez Michelin, à la Compta, comme opératrice de saisie. Ce que j'ai pu m'emmerder. Je voyais l'aiguille des minutes bouger cinquante fois par jour tellement je surveillais l'horloge... J'habitais encore chez ma mère, alors j'ai supporté ça quelques mois le temps de mettre un peu d'argent de côté, puis je suis partie en Amérique. Dès que j'ai été majeure, je suis partie.

François s'étonne :

– A dix-huit ans, toute seule en Amérique ! Tu connaissais quelqu'un là-bas ?

– Non.

– Mais qu'est-ce que t'étais allée y faire?

– Changer d'air. Voir autre chose, apprendre l'anglais. Comme je parlais français, j'ai réussi à me faire engager comme vendeuse dans un grand magasin à New-York... – Elle s'interrompt : Tu poses beaucoup de questions.

– Ça m'intéresse, dit François. J'ai envie de savoir qui tu es.

Mais Ange n'en dira pas plus. Elle achève de disposer les dernières tranches de pommes en rosace au centre de la première tarte et se lève, se désintéressant des trois autres :

– Bon, je dois y aller maintenant. (François se retient de lui demander où il est si urgent qu'elle aille) – Je peux prendre un bain ?

– Naturellement. Ferme la porte en haut et rapporte-moi la clé en partant, tu seras gentille. – Il hésite un instant puis ajoute : Je te vois ce soir ? C'est dimanche demain, on sera plus tranquilles.

– Si tu veux, dit Ange. – Sur le point de sortir, elle se retourne et lui demande avec un air narquois : Alors tu m'offres pas une clope ?

François passe dans la grande salle et revient lui mettre un paquet de gauloises dans la main.

3

Ange va et vient. A part la nuit du samedi et la
journée du dimanche qu'ils passent toujours
ensemble, François ne sait jamais quand il la verra.
Parfois elle surgit vers cinq heures, quand il
commence à avoir du monde, un mouvement de
clients suffisant pour l'absorber. Elle va alors
s'asseoir au milieu de la salle, face à la rue, de
sorte que lorsqu'il jette un coup d'œil de son côté,
il la voit de profil, la tête baissée sur son livre (elle
en a toujours un sur elle, enfoncé dans la poche de
sa veste ou qu'elle extrait d'une besace de toile
militaire accrochée depuis quelque temps à son
épaule), ou bien les yeux levés sur le feuillage
frissonnant des arbres qui s'inscrit comme une
fresque dans l'encadrement de la vitre, de moins
en moins dense à mesure qu'on approche de
l'hiver. Ange est capable de se tenir ainsi deux
heures d'affilée, sans parler à personne, dans la
seule compagnie de son livre, de ses cigarettes et
d'un demi que François lui renouvelle avec

parcimonie et qu'elle consomme à petites gorgées espacées pour le faire durer. Puis elle s'en va sans explication et François ne peut que la regarder partir, s'il la voit, car il arrive aussi qu'elle s'esquive quand il a le dos tourné ou qu'il est passé un instant dans une autre pièce, et il ne lui reste plus en revenant qu'à constater sa disparition.

D'autres fois, elle arrive aux alentours de sept heures, au moment de l'apéritif, et se joint aux clients du comptoir, parmi lesquels, après seulement quelques semaines, elle s'est fait plusieurs amis. Cette fille si peu communicative a le don de susciter l'intérêt et la sollicitude des gens. Gilberte, par exemple, qui l'appelle « ma petite Ange » (pas le *ma petite* agressif et condescendant que les femmes âgées emploient parfois avec les plus jeunes, mais un *ma petite Ange* plus affectueux quoique un peu appuyé), adopte avec elle une attitude protectrice, la conseille en se donnant en exemple (« Moi, à ton âge... »), tandis qu'Ange écoute ou fait semblant d'écouter, avec sa façon très particulière de regarder au loin quand on lui parle et de hocher la tête dans un sens indéterminé quand on lui demande son assentiment. Elle garde cette attitude de patiente indifférence, d'ennui poli avec tous ceux qui s'intéressent à elle. Quoi qu'ils racontent, elle s'abstient de les contredire ou de les décourager. Elle se laisse faire tant qu'ils sont là, les laisse partir sans esquisser un geste pour les retenir quand ils s'éloignent. Quelques minutes plus tard, un autre se présente pour lui demander de ses nouvelles, lui payer des bières, lui expliquer ce que c'est que la vie...

Des clients intrigués ont demandé à François qui elle était; il répond toujours « Une amie », parfois « Une vieille amie », ce qui peut expliquer la connivence discrète qu'ils ont cru déceler entre eux. Cependant Ange se comporte en tous points comme une cliente ordinaire. En présence des gens, elle use du tutoiement avec modération (d'ailleurs beaucoup d'autres clients tutoient François), s'adresse rarement à lui directement et toujours à voix basse, et jamais elle ne fait d'incursion dans la cuisine ni ne met les pieds derrière le comptoir. Cette attitude réservée arrange bien François qui ne sait pas encore où il va avec elle et se défend lui aussi d'empiéter sur son territoire. Pour l'instant, cette expectative leur convient à tous deux : ils s'observent.

Un soir, Ange est venue avec son ami, le garçon qui l'héberge, et François a tout de suite compris (et c'est sûrement ce qu'elle voulait qu'il comprenne) qu'il n'avait pas de raison d'en être jaloux : c'est un homosexuel d'une trentaine d'années, gentil et doux, d'aspect fragile. D'après ce qu'en dit Ange, ses parents, des commerçants aisés de la banlieue nord, lui ont acheté le petit appartement qu'il habite dans le quartier neuf et lui allouent une pension mensuelle suffisante pour vivre. Ce sont de bons parents, qui aiment ce fils embarrassant et désarmé et veillent sur lui de loin – de loin, car, comme l'a remarqué Ange, ils ont tout de même pris soin de l'installer à bonne distance de chez eux, dans la banlieue opposée de Paris. La vie nocturne, les mœurs dissolues, tous les comportements qui accompagnent d'ordinaire une sexualité marginale, surtout chez les jeunes gens, auraient tôt ou tard fait jaser dans leur petite ville et porté tort à leur commerce. Il est invité aux fêtes religieuses et aux célébrations qui jalonnent la vie familiale : mariages de sa sœur et de ses deux frères, baptêmes, anniversaires…, à condition d'y venir seul. La condition est tacite, Aziza (bien qu'il ne se soit jamais travesti, il s'est donné ce charmant et zézayant prénom de fille emprunté à la chanson de Balavoine – son vrai prénom est Clarence, très joli également, Ange pense qu'il n'avait pas besoin d'en changer) n'aurait pas le manque de tact de s'y rendre accompagné d'un amant. D'ailleurs, sa sœur et ses frères l'adorent – tout différent qu'il soit, qu'il ait toujours été, il reste leur petit benjamin – et lui-même leur est très attaché. Et tout le problème est là : Aziza-Clarence, qui a été élevé au milieu d'une fratrie nombreuse dans une grande maison animée et bruyante, souffre de la solitude, raison pour laquelle il accueille volontiers des hôtes provisoires. Actuellement, c'est Ange qui lui tient compagnie. Ils se sont rencontrés dans un bar, elle venait juste de perdre son logement (une chambre de bonne du seizième arrondissement prêtée par une propriétaire compatissante mais qui, ayant fini par se lasser, l'avait mise à la porte le matin même). Elle ne savait pas où dormir.

Ange et Aziza forment un couple fraternel, unis dans une marginalité qu'ils n'ont pas choisie mais dont ils s'accommodent. Aucun des deux n'aurait l'idée saugrenue de faire la leçon à l'autre, comme de lui suggérer de se trouver une occupation, de boire moins, d'arrêter de fumer, etc. Ils s'acceptent comme ils sont. Même physiquement, ils ont un air de famille : deux échalas bruns et pâles, la pâleur des visages plus souvent exposés à l'air confiné des clubs et aux lumières de la nuit qu'aux rayons du soleil et à la fraîcheur du vent… Malgré leurs trente ans passés, ils ont gardé quelque chose d'inachevé, d'adolescent qui tient, plus encore qu'à leur physique androgyne, à leur état d'esprit : une sorte de réprobation générale, mêlée d'attente, de vague espérance.

Ils cohabitent sans bruit. Pendant qu'Aziza s'essaie sans talent à la peinture, ce qu'il appelle lui-même ses barbouillages, Ange lit des livres ou rêve. On imagine facilement leurs journées paresseuses, leurs longs après-midi passés à « discuter », comme ils disent, en sirotant des bières achetées par packs au supermarché d'en bas.

François s'est inquiété de savoir si Ange se contentait de l'alcool, si elle ne prenait rien d'autre. Elle prétend que non, qu'elle a arrêté l'herbe et la coke depuis longtemps, tout simplement parce qu'elle n'en a pas les moyens (évidemment, elle n'allait pas se placer d'un point de vue moral…). Ou alors, a-t-elle ajouté, ça l'obligerait à se livrer à certaines pratiques, plus ou moins légales, plus ou moins dégradantes.

Ange assure qu'elle n'est pas stupide à ce point-là. Dont acte. Ange n'est pas assez bête pour *dealer*, et trop fière, trop libre pour se prostituer.

Depuis bientôt deux mois qu'ils couchent ensemble, François n'en continue pas moins à se protéger. Avec ses anciennes amies, dès que la relation se prolongeait un peu, la boîte de préservatifs, dûment mise à contribution au début d'un commun accord, était bientôt oubliée sur la table de nuit pour finir par disparaître au fond d'un tiroir. Avec Ange, il persévère, bien que, froissée peut-être, elle lui ait déjà mis sous le nez un test HIV négatif, un test récent qu'elle venait de se faire faire dans un camion de dépistage, et qu'il ait été touché de la peine qu'elle s'était donnée pour lui.

En amenant Aziza à François, bien sûr, Ange voulait aussi recueillir l'opinion du premier sur le second. Se prêtant de bonne grâce à l'examen, François les a invités ensemble à déjeuner un dimanche et les a ensuite entraînés dans sa promenade rituelle au bord de la Seine. C'était vers la mi-novembre, il commençait à faire froid. Pour se réchauffer, Ange et Aziza, qui n'étaient pas vêtus chaudement (avec leurs blue-jeans, un blouson trop léger sur un col roulé pour le garçon, sa veste habituelle et un cache-nez de laine enroulé deux fois autour du cou pour Ange), gambadaient, chahutaient, allaient et venaient en courant devant lui comme deux gosses turbulents. François se faisait l'effet d'un tonton qui promène ses neveux. De temps en temps, il entendait fuser le rire, le rire si rare d'Ange qui, pour une fois, devait se sentir en sécurité entre son ami et son amant.

Après cette promenade, ils avaient dû parler, s'interroger à son sujet. Ange lui a rapporté plus tard qu'Aziza l'avait jugé « trop sensible pour un patron café » – c'était ses mots. En les répétant à François, elle plongeait ses yeux dans les siens avec gravité, l'air d'attendre un aveu, une explication. Mais comme François (non sans ressentir un léger frisson de vanité de se découvrir si intéressant) se contentait de rire un peu bêtement, abandonnant pour une fois sa réserve, elle a remarqué :

– Il y a beaucoup de livres de théâtre sur tes étagères…

Il a alors cru s'en tirer en prétendant que ces livres avaient appartenu à sa mère. Mais Ange a insisté :

– Des livres annotés, je les ai feuilletés.

– Ma mère rêvait de devenir comédienne dans sa jeunesse, a encore menti François en se promettant d'enfermer dans une caisse ces témoignages compromettants et de les enfouir à la cave, elle avait fait partie d'une troupe d'amateurs.

Il croyait que l'incident était clos. Mais le dimanche suivant, pendant qu'il préparait paisiblement les escalopes milanaises de leur déjeuner, voilà qu'elle débarque dans la cuisine en faisant voleter une photo au bout de ses doigts :

– Et ça, qu'est-ce que c'est ? demande-t-elle, de l'air mi-réprobateur mi-amusé d'une maman qui vient de trouver une fraise Tagada à moitié fondue sous l'oreiller de son petit garçon.

– Tu fouilles dans mes tiroirs ? proteste François, interrompant son travail.

– J'ai pas fouillé. Je voulais seulement prendre une de tes chemises parce que j'ai lavé la mienne.

Comme elle était belle, ce matin-là, au sortir du bain, dans la chemise bouffante et immaculée qu'elle lui avait empruntée, avec ses cheveux encore plus noirs, noirs de jais quand ils sont humides, et ce sourire malicieux dans les yeux ! Elle mentait, bien sûr : elle dispose d'une machine à laver chez Aziza et n'a aucune raison de s'embêter à laver ses chemises dans un lavabo. Elle avait imaginé et mis en œuvre ce petit scénario uniquement pour justifier sa trouvaille. – Son regard l'interrogeait toujours…

– C'est une photo.

– C'est ça. Une photo de toi avec Philippe Noiret… – Elle riait pour de bon maintenant, toute heureuse du succès de sa petite enquête : Je m'en doutais.

– Elle était dans une enveloppe, cette photo.

– L'enveloppe n'était pas fermée. J'ai vu la photo qui dépassait alors j'ai regardé machinalement.

Tout en parlant, elle avait posé l'objet du délit sur la table, et elle l'a fait glisser devant François. C'était une photo de film, de celles qu'on voit exposées à la façade des cinémas. Elle avait été prise pendant une courte scène entre lui et la vedette (François en réceptionniste de palace, Noiret en client) et il en avait demandé un tirage au photographe de plateau. Il en possède plusieurs de ce genre qu'il a entassées dans une valise en abandonnant son logement parisien, avec de vieux contrats, des brochures, des photos de théâtre avec toute la troupe, des coupures de presse – principalement des articles de journaux régionaux annonçant leurs spectacles –, tous ces vestiges d'une époque révolue qui dorment maintenant au fond de sa cave. La photo avec Noiret s'était probablement perdue pendant le déménagement, il avait dû la retrouver plus tard et la ranger dans sa commode, sous la pile de chemises où Ange était allée la dénicher.

– C'est rien, a dit François, de la figuration.

– T'as fait de la figuration ?

En un sens, il aurait pu dire ça, oui, puisqu'il n'avait jamais réussi à se faire connaître du public. Mais soudain le mot lui avait paru trop faible pour résumer vingt années d'efforts, de tournées, d'espérance…

– Puisque tu veux tout savoir, a-t-il finalement reconnu, j'ai été comédien pendant quelque temps quand j'étais jeune.

Ange triomphait :

– Je le savais, j'avais deviné !

– Ah oui ?

– Je t'ai pas cru quand tu m'as dit que tes pièces de théâtre appartenaient à ta mère. Les rôles annotés étaient tous des rôles masculins.

Raison pour laquelle la futée avait entrepris ses investigations. François n'avait pas pensé à ce détail.

– Lopakhine dans *La Cerisaie* de Tchekhov… Monsieur Ponza, *Chacun sa vérité*, de Pirandello… Vatelin, *Le Dindon*, Georges Feydeau…

Avec un soin méticuleux, François retournait ses escalopes dans la chapelure.

– … Moi aussi j'ai joué Feydeau au lycée, a continué Ange. On avait monté *Par la fenêtre* pour la fin de l'année. Je faisais Hector… – Et d'une voix monocorde : « *Hein que vois-je… non ce n'est pas possible… mais cette robe je la reconnais… je ne me trompe pas, c'est la robe grenat de ma femme sa fameuse robe grenat… horreur ce Brésilien est en tête-à-tête avec ma femme…* ».

– Bravo, très bien, a applaudi François. Tu veux me laisser travailler maintenant ? On mange à une heure.

Comme s'il n'avait rien dit, Ange a ramené la photo devant elle pour l'examiner de plus près :

– T'as pas l'air si jeune que ça là-dessus; même Noiret, il a pas l'air tellement jeune… On dirait plutôt un film récent. C'était quel film ?

– Je m'en souviens plus. Ça doit être marqué au dos.

– Il n'y a rien au dos de la photo.

– C'est que c'était pas important. J'en ai fait des dizaines des petits rôles comme ça, on appelle ça des *silhouettes*, on dit quelques mots et puis voilà.

Tu vas me laisser tranquille à présent ? J'aime pas qu'on soit dans mes jambes quand je cuisine.

Toutefois, d'une certaine façon, l'incursion de son amie dans sa vie passée les avait rapprochés. Ange a commencé à lui poser des questions sur les films dans lesquels il avait tourné, sur les acteurs connus auxquels il avait donné la réplique (plus que le théâtre, c'est le cinéma qui l'intéressait). De temps en temps, pour lui faire plaisir, François lui décrivait avec drôlerie, et même un certain talent d'imitateur (ce talent qu'il montrait déjà tout petit et qui avait tant inquiété sa mère, mais qui faisait se tordre ses copains de classe, son premier public) les gens célèbres qu'il avait pu approcher, lui racontait des anecdotes de tournage en les enjolivant un peu, heureux de voir la tristesse qui enveloppait Ange d'une manière si constante qu'elle semblait lui être constitutive, se déchirer.

Une fois, elle s'est étonnée qu'il n'ait pas affiché de photos au mur de son bar, comme le font les anciens artistes ou les anciens sportifs reconvertis dans la limonade, en témoignage de leur splendeur passée : moi et la vedette, moi et Monsieur le député-maire, toute l'équipe le jour de la victoire, la troupe le soir de la première, etc., ou bien des photos dédicacées de stars (« *A mon ami François avec toute ma sympathie* », signé Alain Delon… Fabrice Luchini… Patrick Bruel…). C'est que cette période de sa vie est encore trop proche et trop sensible et qu'il n'aime pas se retourner sur elle.

Même ses camarades comédiens, François préfère ne pas les revoir trop souvent. Si l'héritage de sa mère lui avait permis de s'installer dans un quartier animé de Paris, par exemple aux Champs-Elysées ou sur la Rive gauche, inévitablement il aurait eu ses anciens partenaires comme clients. Leurs discussions, leurs espoirs, les succès et les déceptions qu'ils avaient partagés, il n'en aurait plus été que le spectateur, le témoin nostalgique. Petit à petit un fossé se serait creusé entre eux, jusqu'au jour où il aurait eu le chagrin de s'apercevoir qu'il était définitivement sorti de leur monde. Heureusement, comme le Café du Canal se trouve à quelques dizaines de kilomètres de Paris, les visites de ses camarades – qui n'avaient pas manqué de faire le déplacement par curiosité au début de son installation – se sont espacées. Bientôt, ils cesseront tout à fait de venir, ils l'oublieront et François pense que c'est mieux ainsi.

Ce n'est pas qu'il regrette sa décision. Si une fée, pas forcément bienveillante, lui proposait de le remettre d'un coup de baguette magique dans l'état où il se trouvait deux ou trois ans plus tôt, il dirait non sans hésiter. Non à l'attente des convocations pour les castings ; non à l'attente, pendant des heures, dans la salle du même nom, parmi une douzaine d'acteurs tout aussi qualifiés que lui pour le rôle ; non ensuite et pendant plusieurs jours à l'attente de l'hypothétique coup de fil lui annonçant qu'il a été retenu (et on ne sait jamais si le coup de fil viendra : quand vous n'êtes pas pris, on s'abstient de vous téléphoner tout simplement) – espoir déçu la plupart du temps.

Attendre. Avec le sentiment de n'être pas aimé, pas demandé. Dans une misère morale encore plus dure que la gêne matérielle, corollaire et préoccupante, qui l'accompagne… Les dernières années, en se regardant vieillir, en voyant les temps morts de sa vie s'allonger, François traînait une souffrance permanente et sourde, un poids très lourd dans la poitrine. Sa joie de vivre, son enthousiasme l'avaient abandonné ; très clairement, il était en train de devenir un pauvre type. Non, il n'y a là rien à regretter.

Ce que François ressent quand il pense au métier qu'il a quitté est plus complexe : c'est plutôt comme un remords, une honte secrète d'avoir délibérément fait taire la part la plus riche de sa personnalité, de s'être lui-même bâillonné. A la différence des sportifs, qu'un combat perdu, une dernière course, un adversaire plus fort qu'eux ou tout simplement l'âge ont contraint d'arrêter, mais qui peuvent quand même être fiers de leur carrière parce qu'ils sont allés jusqu'au bout de leurs possibilités, François a déclaré forfait au milieu du parcours : il a abandonné. Et quand on a renoncé à celui qu'on aurait dû être, même pour de bonnes raisons, un avenir incertain, une énorme fatigue, la peur de finir mythomane et pathétique comme un vieil histrion fellinien, on y laisse forcément une part de son estime de soi.

Et puis, sait-on jamais, encore un peu de patience et peut-être aurait-il décroché quelque chose, un bon second rôle où il aurait montré tout ce qu'il savait faire, donné tout ce qu'il avait, et dans lequel enfin on l'aurait remarqué. Les réalisateurs auraient pris l'habitude de penser à lui pour des rôles similaires, il aurait eu des engagements réguliers et il aurait fait son métier comme un homme doit le faire, avec dignité et avec bonheur. D'autres plus beaux et plus doués que lui avaient dû patienter bien plus longtemps avant de se faire connaître... – Autant de pensées douloureuses et contradictoires que François préfère s'épargner en éloignant les photos dont la vue réveille des souvenirs et en se dépensant dans une activité qui ne laisse pas de place aux songeries... (Mais comment expliquer cela à Ange ? Il n'aurait fait que l'ennuyer.)

Les anecdotes et les imitations de François l'amusaient ; de son côté elle a commencé à se livrer un peu. Le plus souvent cela se passait pendant leurs grasses matinées du dimanche, dans l'intimité du lit. La tête sur l'oreiller, les yeux au plafond, évitant le regard de François allongé près d'elle, tout d'un coup elle se mettait à parler. Ce n'était pas un récit cohérent, plutôt des bribes de phrases entrecoupées de silences, des mots sans poids et sans suite qui semblaient s'échapper tout seuls de ses lèvres, se détacher d'elle, pour danser quelques secondes comme des bulles au-dessus de leur lit. François n'avait jamais entendu personne s'exprimer de cette façon ; ça faisait une impression étrange, comme si Ange se désolidarisait de ses propres paroles aussitôt qu'elle les avait prononcées. Et si, tâchant d'y voir plus clair, surtout dans la chronologie, il se risquait à poser une question, elle se braquait et se refermait comme une huître. Pensant que c'était par pudeur – tant de gens ont du mal à parler d'eux-mêmes–, François a vite pris le parti de la laisser s'exprimer à sa guise, quand ça lui prenait, se réservant de reconstituer seul le puzzle.

Le monologue d'Ange tournait principalement autour de son père, qu'elle a pourtant très peu connu. Elle avait trois ans quand il les avait laissées tomber, elle et sa mère, puis il était mort dix ans plus tard, au volant de sa voiture, dans des circonstances qui n'avaient jamais été élucidées. Il s'appelait Jean-Yves Orvoen. C'était le fils d'un pharmacien de Combourg, chef-lieu de canton de l'Ille-et-Vilaine, qui travaillait comme visiteur médical, profession sur laquelle il s'était rabattu après avoir raté sa deuxième année de médecine. Il avait rencontré Geneviève, celle qui allait devenir son épouse et la maman d'Ange, pendant les vacances d'été sur une plage du Morbihan. A cette époque, Geneviève travaillait déjà chez Michelin où elle se croyait titulaire d'un emploi à vie. La profession de visiteur médical peut s'exercer à peu près n'importe où si bien que, les vacances finies, quand la jeune femme lui avait téléphoné pour lui annoncer qu'elle était enceinte, c'est lui qui l'avait rejointe à Clermont. Mais Jean-Yves Orvoen était une nature fantasque : son rôle d'époux et de père, cette existence réglée n'avaient pas tardé à s'ennuyer. Avec ses voyages professionnels pour alibi, il disparaissait pendant deux ou trois semaines, ce qui occasionnait à son retour à la maison des scènes terribles. Au bout du compte, abandonnant femme et enfant, il avait fini par partir pour Paris où tout ce qu'on savait de lui était qu'il évoluait dans les milieux du sport, sans que personne ait jamais su ce qu'il y trafiquait exactement. De temps en temps, sur l'insistance de Geneviève qui pensait qu'une petite fille a besoin de son père, il réapparaissait, laissait un peu d'argent sur un coin de table et emmenait Ange se promener dans sa belle voiture ou manger une glace à la terrasse la plus chic de Clermont. C'était pour elle de grands moments de bonheur et de fierté. Son papa était beau, toujours très élégant, et ses voitures ne passaient pas inaperçues : Jean-Yves Orvoen n'était pas homme à rouler dans la voiture de tout le monde. A en croire Ange, il aurait pu faire du cinéma : il ressemblait beaucoup à Bernard Giraudeau.

Elle s'était toujours demandé ce qu'un être aussi fascinant avait pu trouver à sa mère. Ange assurait qu'elle respectait sa mère, mais elles ne s'étaient jamais trouvé d'affinités. Elles ne parlaient pas le même langage, disait-elle sur un ton d'emphase méprisante. Cette ouvrière qui avait élevé seule son enfant, l'avait envoyée au lycée, s'apprêtait, son bac obtenu (grande fierté pour une simple OS, une « Michelin »), à l'entretenir encore quatre ou cinq ans en faculté, et qui, lorsque l'adolescente avait abandonné ses études sur un coup de tête, avait encore trouvé le moyen de la mettre à l'abri dans un service administratif de l'entreprise paternaliste où elle travaillait, Ange la jugeait sans ambition et sans relief.

Mais son père, ah son père, c'était autre chose... Là où François devinait une espèce de voyou, dont on pouvait supposer à cause de ses entrées dans l'industrie pharmaceutique et de ses accointances dans les milieux sportifs qu'il traficotait de produits dopants en un temps où on en parlait moins qu'aujourd'hui, Ange voyait un rebelle, un être libre qui n'était jamais rentré dans le rang, n'avait supporté aucun joug. Qu'il se fût tué à trente-huit ans au volant d'une BM blanche décapotable, seul, et d'une façon assez mystérieuse (simple accident ? assassinat déguisé ?) pour que la police ouvre une enquête, l'avait auréolé aux yeux de sa fille alors âgée de treize ans du prestige d'un gangster romantique. L'enquête n'ayant pas abouti, elle laissait vif le mystère, ouvrait un boulevard à l'imagination... Ange embellissait, *ennoblissait* ses souvenirs. Elle se leurrait (plutôt que d'admettre la banalité de ses origines, elle se serait inventé un géniteur assassin). Ce père insaisissable dont elle avait attendu les visites pendant toute son enfance continuait de la faire rêver ; à trente-quatre ans, elle le voyait toujours avec ses yeux d'enfant.

Un dimanche matin, Ange a déclaré qu'elle s'ennuyait et que Paris lui manquait. Le soir même, François l'a emmenée au cinéma, dans une salle d'essai de Montparnasse, à la séance de six heures, voir une reprise de *Falling in love*. C'est Ange qui avait choisi le film, à cause de la vedette féminine, Meryl Streep, son actrice préférée, et parce que l'intrigue se situait à New-York, ce qui lui rappellerait, pensait-elle, le temps où elle y vivait. Pour simplifier, *Falling in love* est l'histoire d'un amour impossible entre deux êtres qui se rencontrent alors qu'ils sont déjà mariés. Ce film est un remake, au dénouement modernisé, d'un classique de David Lean, *Brève rencontre*, ce que Ange ignorait. Malgré son titre explicite qui aurait dû la mettre sur la voie, elle a été surprise de le découvrir si sentimental. « De l'eau de rose », a-t-elle commenté froidement à la sortie. Ange ne croit pas à l'amour, encore moins à l'amour qui finit bien.

Après la séance, ils sont allés prendre un verre au *Select*. C'était vers la mi-décembre, on sentait que Noël approchait. Un brouhaha joyeux emplissait la terrasse couverte noire de monde : saluts sonores à distance, grands rires snobs, belles voix aux accents étrangers... Dans une odeur de tabac anglais, de parfums précieux et de vin chaud à la cannelle, les gens se réchauffaient de leur promiscuité comme au coin d'un bon feu.

– Ça sent le bourge ici, a dit Ange à mi-voix (mais c'était pour le taquiner, François voyait bien que ça lui plaisait).

L'ayant débarrassée de sa doudoune, une espèce de bibendum en tissu métallisé rose passé qu'Aziza lui avait prêtée, chose laide et rétive qui refusait de se plier, se gonflait et bondissait dès qu'il la lâchait, au demeurant infroissable et sur laquelle il avait fini par s'asseoir, François a demandé :

– Tu n'étais jamais venue ?

– Si, deux ou trois fois. Il y a longtemps.

– Ça te plaît ?

– Ça ira.

Pour rompre avec ses éternels demis, sans la consulter François a commandé deux alexandras, et puis encore deux autres un peu plus tard. Sous l'effet des cocktails qui répandaient doucement leur chaleur dans ses veines, Ange a paru se détendre un peu. Le dos droit sur sa chaise (elle n'est pas du genre qui se vautre), mais les épaules légèrement affaissées, un souffle régulier soulevant sa poitrine, elle se laissait pénétrer par le confort ambiant, mais sans baisser sa garde, un peu comme un SDF, un jour de chance, se glisse entre les draps frais d'un vrai lit en gardant à l'esprit que ça ne durera pas (il s'agit de reprendre des forces, non de se laisser aller : le réveil serait trop dur, le retour à la rue trop brutal).

Après les alexandras, François se demandait où l'emmener dîner. Indécis, embêté à l'idée de reprendre sa voiture, il nommait sans s'y arrêter quelques restaurants du quartier…

– Pourquoi pas là ? a dit Ange en indiquant la façade illuminée de la Coupole qui brillait juste en face d'eux, de l'autre côté du boulevard. J'y suis jamais allée.

François hésitait. Un dimanche soir, il risquait de tomber sur des amis comédiens qui venaient souvent y dîner en bande et qui, l'apercevant, ne manqueraient pas de le héler et de les inviter à leur table, se serreraient pour leur faire de la place. Il refuserait. Ange voudrait savoir pourquoi… – Elle avait senti son hésitation et l'observait finement, attendant sa réponse.

– Si tu veux, mais ça va être bruyant, a finalement consenti François.

L'immense salle du restaurant était plongée dans un vacarme infernal, une rumeur de grande gare un week-end de Pentecôte, dominée par le cliquetis assourdissant d'un bon millier de couverts. « Ouh la la… », a fait Ange qui entrait dans ces lieux pour la première fois. Ils ont suivi un maître d'hôtel (par chance sans se faire héler par personne) jusqu'à une rangée de tables alignées devant une banquette, trop rapprochées, sorte de longue table commune où les gens dînaient épaule contre épaule en s'ignorant.

La dame du vestiaire s'étant emparée de la parka de François et de la doudoune rose, Ange est apparue en pleine lumière, les cheveux en bataille, sans l'ombre de maquillage, dans sa veste élimée tout droit sortie d'un décrochez-moi-ça, avec ses poches déformées, son col chiffonné, ses manches luisantes d'usure. Là-dessous, elle avait mis un pull d'hiver de François (dont elle avait annexé la garde-robe, tout comme celle d'Aziza, mais en se limitant aux chemises et aux pull-overs car François était nettement plus corpulent), un col roulé anthracite qui était loin d'apporter une note joyeuse à l'ensemble. François a vu des regards surpris se lever sur elle, puis se reporter sur lui, un peu comme s'il venait d'inviter une clocharde ramassée sur une bouche de métro. (D'accord, lui disait le regard des hommes, elle n'est pas mal, mais pensez à lui faire prendre un bain et restez couvert...).

Indifférente à la curiosité qui les entourait, après avoir, pure provocation, traîné un instant comme aurait pu le faire une élégante pour se laisser admirer, Ange a pris place sur la banquette entre deux bourgeoises qui se sont prudemment écartées.

Les femmes que François avait l'habitude de sortir – la plupart du temps des copines de théâtre – lui faisaient honneur : les comédiennes sont presque toutes jolies, au moins piquantes; coquettes, sinon élégantes. Il a pensé qu'Ange aurait pu se choisir un pull plus gai (il possédait un jacquard qu'elle aimait beaucoup) et, pour une fois, oublier sa veste; dîner en pull-over, un dimanche soir, à La Coupole ou ailleurs, n'aurait pas manqué d'un certain chic désinvolte. Un coup de peigne sur ses cheveux emmêlés, un peu de fard sur ses joues pâles, n'auraient pas fait de mal non plus et il a d'abord pensé qu'elle aurait pu faire un petit effort pour lui. Mais en observant son visage impavide, le mépris tranquille avec lequel elle accueillait les regards dégoûtés fixés sur elle, l'idée est venue à François qu'elle l'avait fait exprès, qu'il s'agissait d'une espèce de mise à l'épreuve : Ange avait voulu voir jusqu'où elle pouvait aller avec lui, jusqu'où il serait capable de la suivre.

Les femmes des tables voisines qui la surveillaient en pinçant les narines et en échangeant des regards entendus, guettant l'impair, en furent pour leurs frais. Ange savait se tenir à table. Elle en remettait même un peu, découpant sa sole meunière dans les règles, affectant une aisance détachée, en parlant de toute autre chose. Comme la proximité des autres dîneurs interdisait les sujets trop intimes, leur conversation tournait autour des livres et de la peinture, dénotant chez Ange, de même que sa façon de s'exprimer qu'elle soignait particulièrement ce soir-là (elle employait exprès un vocabulaire recherché, des mots en *isme* qu'elle n'utilisait pas d'habitude), un niveau d'instruction probablement supérieur au leur. Ecœurées, elles ont fini par se désintéresser d'elle.

François n'avait jamais vu Ange se nourrir si lentement. En général, elle expédie le contenu de son assiette comme on se débarrasse d'une formalité ennuyeuse, nettement plus intéressée par ce qui se passe dans son verre (elle a plutôt l'air d'accompagner son vin d'un repas que l'inverse). Mais ce jour-là, après ses huîtres longuement dégustées, après sa sole (qu'elle avait mangée le petit doigt en l'air, s'interrompant quelques minutes pour parler, puis avalant une ou deux bouchées, s'interrompant de nouveau, etc), dans le but évident de prolonger le dîner, elle a commandé de la salade, puis du fromage qu'elle a mis un temps infini à choisir sur le plateau. Pour terminer – elle qui n'aime pas les sucreries et ne prend jamais de dessert –, elle s'est fait servir une mousse au chocolat qu'elle a chipotée jusqu'à la dernière cuillère. De sorte que lorsqu'ils sont sortis de table il était presque minuit.

Sur l'autoroute du retour, dans la quiétude de sa voiture que berçaient le ronronnement du moteur et la musique douce d'une radio nocturne, François lui a demandé si elle était contente de sa soirée. Oui, a répondu Ange avec une expression malicieuse et pensive, je me suis bien amusée.

Si son intention était de faire voir à François qu'elle n'avait rien à se mettre, c'était réussi. Le lendemain matin, il lui a donné cinq cents euros pour qu'elle aille s'acheter un manteau. Ce n'était pas la première fois qu'il y pensait, sans arriver à se décider. On pourrait croire que rien n'est plus facile pour un homme que de donner un peu d'argent à sa maîtresse afin qu'elle aille se choisir un vêtement. Mais, avec Ange, c'était plus compliqué, il ignorait comment elle allait le prendre. S'il avait été libre un jour de semaine, il aurait pu, au cours d'une promenade, s'arrêter avec elle devant la vitrine d'un magasin et l'entraîner à l'intérieur comme un homme pris de l'envie de faire un cadeau à la femme qu'il aime. Cela aurait paru tout naturel. Mais lui offrir de l'argent pour qu'elle se procure elle-même un vêtement convenable était bien différent : il risquait de l'offenser, elle allait s'imaginer qu'elle lui faisait honte et la dernière chose que François souhaitait, c'était la blesser et se faire envoyer sur les roses… Mais au contraire de ce qu'il craignait Ange a accepté les billets sans faire d'histoires en murmurant simplement « Merci ».

Il s'attendait à la voir revenir dans un manteau de lainage ceinturé et classique, genre Marlène, ou dans un trench, un peu Michèle Morgan dans *Quai des brumes*. Au lieu de quoi, trois jours après, à sept heures du soir, Ange a fait son apparition vêtue d'une redingote en chèvre retournée qui lui descendait jusqu'aux chevilles et dont le col relevé encadrait son visage de longs tortillons de poils collés secs et gris. Un manteau certainement « à la mode », car François en avait déjà croisé quelques exemplaires dans la rue. Elle était aussi allée chez le coiffeur, ses cheveux raccourcis et gonflés l'auréolaient d'un casque un peu raide, et elle avait mis, fait exceptionnel, du rouge à lèvres. Il a tout de même fallu une seconde à François pour la reconnaître (de même, d'ailleurs, qu'à tous ceux qui se trouvaient là). Elle était jolie, si on veut, mais rien ne la distinguait plus de n'importe quelle autre jolie femme. Comme si elle avait été touchée par le doigt d'un gourou de la mode au goût médiocre, Ange était devenue *ordinaire*.

Tout compte fait, François la préfère dans les vêtements qu'elle achète aux Puces ou qu'elle emprunte à ses copains, ces vêtements de garçon jamais tout à fait à sa taille, qui ont toujours l'air d'être arrivés sur elle par hasard : sa veste fatiguée, ses chemises pas repassées, ses jeans usés... Qu'une fille, une jeune femme si belle soit si pauvrement vêtue étonne. On devine la tête dure, le refus des compromissions. Dans cette époque énervée et frimeuse, au milieu de cet étalage de fringues, d'accessoires lourdement siglés et sursignifiants, son dénuement assumé avec insolence confère à Ange une classe distante. La pauvreté lui va bien.

Malgré les exclamations, les compliments mi-moqueurs mi-envieux qui l'accueillaient, elle-même ne devait pas être très sûre de son fait car François a vu passer une lueur d'inquiétude dans ses yeux. Convoquant son talent d'acteur et simulant une heureuse surprise, il lui a fait de loin un grand sourire approbateur, résigné à supporter stoïquement la vue de sa peau de chèvre hippie le reste de l'hiver.

4

– Finalement, tout ce que tu veux de moi, c'est me baiser !

Depuis son retour de Clermont, François s'attendait à un éclat, peut-être pas aussi brutal ni aussi injuste.

Comme chaque année, Ange a passé les fêtes de Noël et du Jour de l'An chez sa mère, c'est le seul moment où elles se voient. François a fermé son café tout un après-midi pour la conduire à la gare, non sans avoir accroché un mot d'excuse sur sa porte : « *Fermeture exceptionnelle pour raisons familiales – Réouverture à six heures* ».

En chemin, ils se sont arrêtés pour acheter un cadeau à Geneviève, une écharpe de velours dévoré qu'Ange a tenu à payer elle-même parce qu'elle avait touché son RMI, augmenté de sa prime de Noël. *Son* RMI, tout ce qu'elle possède sur cette terre, sa part d'indépendance et ce qui lui permet, une semaine par mois, de se sentir une consommatrice comme les autres, c'est-à-dire une personne, dans un monde où celui qui n'a pas de pouvoir d'achat n'existe pas. François ne l'a jamais entendue employer le possessif que pour deux choses : *son* bac et *son* RMI; elle parle des deux avec respect, une sorte de fierté.

Il ne sait pas ce que sa mère et elle se sont dit pendant cette dizaine de jours mais Ange en est revenue changée. Sombre et absente, taciturne pire qu'au début, elle reste des heures à tirer sur sa cigarette, enveloppée de ses volutes de fumée, sans même prendre la peine de sortir un livre.

Tout à l'heure, quand elle est arrivée, François (réfractaire à l'informatique) était plongé dans le registre dont il se sert pour tenir son stock, un objet plaisamment anachronique à couverture rigide de toile noire et inscription en lettres dorées. Ils sont restés un long moment aux deux bouts opposés de la salle, lui à travailler, elle à fumer près de la vitre, en rêvassant devant un demi qu'elle était allée se servir elle-même à la pression. Ses commandes notées, il se levait pour aller les téléphoner aux fournisseurs quand, d'une voix de poissarde dont elle exagérait volontairement la trivialité, Ange a prononcé cette phrase terrible qui a résonné d'une manière saisissante dans la pièce vide : « … Tout ce que tu veux de moi, c'est me baiser ! ».

Surpris, François a pilé net. Puis il a traversé la salle, la sentant prête à s'expliquer.

Il est maintenant devant sa table :

– Qu'est-ce qui ne va pas ? dit-il en s'asseyant.

– Tout… Rien ne va.

– Il s'est passé quelque chose à Clermont ? Tu es bizarre depuis quelque temps.

– Comment ça, bizarre ?

– Quelque chose t'a contrariée pendant tes vacances ?

– Ça n'a rien à voir avec Clermont.

– Allez, explique-moi ce qui te tourmente.

Elle tire une bouffée de sa cigarette et détourne la tête pour expirer la fumée.

– C'est à cause de toi. Ta façon d'être…

– Regarde-moi quand on se parle.

Il a droit à un bref regard, aussitôt retiré derrière ses paupières baissées.

– … On sait jamais ce que tu penses.

– J'ai pas tellement le temps de penser, dit François. J'essaie de ne pas me poser trop de questions.

– Ce que tu penses de moi.

– Je t'aime bien, je te juge pas.

– Tu m'aimes *bien* ! répète Ange avec une petite exclamation triste. – Qu'est-ce que je suis pour toi, une espèce d'animal de compagnie…

– Ange !

– D'ailleurs pourquoi on m'aimerait ? Je suis un zéro, moi. Complètement nulle. C'est ça que tu penses.

– Pas du tout. Mais je te connais pas vraiment.

– Ça fait quatre mois qu'on se connaît.

– Tu es secrète.

– Tu me demandes jamais rien.

– Toi non plus. Tu ne m'as même pas téléphoné une seule fois pendant que t'étais à Clermont. Même pas à Noël ou pour me souhaiter la bonne année…

– Souhaiter la bonne année !...

– Je sais, tu es au-dessus de ces formalités.

– Toi non plus, tu m'as pas téléphoné, dit Ange, oubliant qu'elle ne lui avait pas laissé son numéro. La vérité, c'est que je t'intéresse pas. Ok, je peux te comprendre,

Ange, tu m'intéresses beaucoup. Je respecte ta liberté, c'est tout.

– Ma liberté ! J'en ai pas de liberté ! Rien ne se passe jamais comme je voudrais... – Elle vide son verre d'un coup et le pousse devant François d'un geste significatif et vulgaire. Il remarque ses yeux légèrement injectés, ses paupières gonflées.

– Ça suffit pour le moment, dit-il. Tu bois beaucoup trop depuis quelque temps.

– Qu'est-ce que ça peut foutre...

– Ta mère t'a dit quelque chose qui t'a fait de la peine ?

– Il y a longtemps qu'elle me dit plus rien, ma mère. Mais elle a une façon de me regarder ! Je l'ai déçue. Je sais pas ce qu'elle s'imaginait... Quand j'étais petite, elle était fière de moi parce que je travaillais bien en classe, enfin je me foulais pas mais j'étais quand même toujours dans les trois premières, souvent la première même... Elle me voyait déjà prof de français !

Sa voix s'étrangle et se rompt brusquement. Ange n'en a jamais tant dit, ne s'est jamais autant livrée devant François. Elle examine un instant son verre vide, comme hésitant à poursuivre, puis reprend d'une voix plus ferme :

– ... Tous les ans pour la fête de l'école, elle me faisait une robe neuve. La directrice lisait le classement des meilleures élèves à voix haute et on allait chercher une attestation, un petit diplôme, on devait monter sur une estrade... Pour maman, c'était un grand moment, une sorte de revanche : les commerçantes du quartier étaient vexées parce que leurs filles étaient loin derrière et qu'elles n'étaient jamais appelées... Ça te fait rire ?

– Non, dit François, je t'imaginais petite, c'est tout.

– Enfin, à l'école, ça se passait bien. Même au lycée, ça allait, j'ai jamais eu de problèmes. C'est en fac que ça s'est gâté… Je t'ai déjà raconté.

– Tu m'as rien raconté du tout. Si tu as quelque chose sur le cœur, vas-y, je t'écoute.

– C'était à cause des filles, en première année… la plupart étaient des filles de gens importants de la région et elles m'ont tout de suite snobée… Fallait les voir débarquer le matin dans l'amphi, bien habillées, bien coiffées… Avec leurs vêtements à la dernière mode, leurs longs cheveux brillants flottant dans le dos, leurs cheveux de filles riches… Elles parlaient toujours plus fort que les autres, on n'entendait qu'elles avec leurs voix perchées…. Et moi, cette année-là, j'avais commencé à étudier sérieusement, ça me plaisait d'être en fac. J'étais enthousiaste, je répondais bien, je posais de bonnes questions. J'étais plus brillante qu'elles, si tu veux… Je me rendais pas compte, mais ça a suscité une espèce de haine.

– Une seconde, dit François en se levant.

Surgissant à l'heure pile comme deux jacquemarts, les dessinateurs viennent de pousser la porte du café. Il est cinq heures et ce sont ses premiers clients de la soirée.

– Bonne journée, les gars ?

– Ça peut aller… Mets-nous deux beaujolais.

Pendant qu'il les sert, Ange brandit de loin son verre vide d'une manière explicite. François revient en lui apportant un bock.

– Tu vois, dit-elle, j'ai raison, on peut jamais se parler. T'es toujours occupé.

– T'en fais pas, continue. On a encore un moment.

– En plus, il y a eu une histoire de garçon, poursuit Ange après avoir sifflé la moitié de son bock, le fils d'un avocat connu de Clermont, un type canon, et très intelligent, une espèce de leader, tu vois. Gilles, il s'appelait. Il était en fac de Lettres parce qu'il voulait devenir écrivain. Presque tout de suite, il s'est intéressé à moi... Et il y avait une fille de sa bande qui était amoureuse de lui; Gilles disait que c'était juste une amie d'enfance, ils se connaissaient depuis la sixième; mais elle, elle voyait sûrement les choses autrement. Bon, des histoires de mômes... Enfin, je sortais avec Gilles depuis la rentrée et la fille a eu l'idée d'inviter ses amis au ski pendant les vacances de Noël. Ses parents avaient un chalet à l'Alpe-d'Huez et ils étaient d'accord pour le prêter. Cette espèce de salope m'a invitée aussi. Sur le moment, j'étais contente, j'avais l'impression d'être admise, plus seulement tolérée, provisoirement, parce que j'étais la copine de Gilles, mais admise ; je me figurais que j'allais faire partie de leur bande... C'est seulement après que j'ai compris qu'elle m'avait fait venir pour m'humilier. Elle avait monté toute l'affaire exprès pour me ridiculiser.

Ange s'arrête pour prendre une cigarette qu'elle allume à la précédente.

– Pourquoi tu me regardes ?

– Je te regarde pas, j'attends la suite.

– Tu fumes pas, toi. T'as jamais fumé ?

– J'ai arrêté il y a dix ans.

– Tu y reviendras, on replonge toujours.

– On verra.

Avec un plaisir ostensible, juste pour le faire bisquer, elle aspire une longue bouffée et l'expire voluptueusement.

– Alors ? dit François.

– … Alors ma mère s'était saignée pour m'équiper, m'acheter une combinaison, des gants… Il avait aussi fallu qu'elle trouve l'argent pour la location du matériel et une semaine de remonte-pente… c'était pas rien pour elle. Pour comprendre, il faut savoir qu'en Auvergne presque tout le monde fait du ski, et moi je croyais que c'était rien du tout, un truc comme la bicyclette, je croyais que je saurais skier comme les autres parce que j'étais allée une fois en classe de neige. La fille m'avait dit de pas m'en faire, qu'ils m'aideraient, qu'il y avait d'autres débutants dans la bande et que j'aurais pas de mal à suivre… Total, c'était tous des bons skieurs, ils faisaient du ski tous les ans dans les Alpes depuis qu'ils étaient tout petits… J'ai pas besoin de te faire un dessin. Le premier matin, ils ont décidé d'attaquer par une piste noire et ils m'ont laissée toute seule en bas. Et ça a été comme ça tous les jours. Ils redescendaient même pas pour déjeuner, ils mangeaient dans un restaurant d'altitude. Le quatrième jour, j'ai rien dit, je les ai laissés partir le matin et je me suis tirée. Au fond, ils attendaient que ça, je les embarrassais. Même Gilles, il attendait que je me tire…

Au souvenir de cette humiliation ancienne, sa voix s'est remise à trembler ; son récit l'émeut comme si c'était hier, elle paraît sur le point de pleurer.

– Des histoires comme ça arrivent à tous les adolescents, remarque doucement François. Quand on est jeune, on ne se méfie pas, on ne voit pas les coups venir… Tout le monde y a droit à cet âge-là, d'une façon ou d'une autre.

– Tu comprends pas… Même le soir, quand ils étaient rentrés, Gilles faisait comme si j'existais pas. On mangeait tous à la grande table et il prenait bien soin de s'installer loin de moi et ne m'adressait pas la parole. Et j'avais l'air si malheureuse que les autres en étaient gênés et qu'ils me parlaient pas non plus... Comme les filles et les garçons dormaient dans des chambres séparées (c'était la condition des parents pour prêter le chalet), un soir au moment de se coucher, une fille qu'était pas de la même fac m'a demandé avec qui j'étais venue. Elle aurait jamais pu imaginer que c'était avec Gilles tellement il m'ignorait. Je lui faisais honte.

– C'est parce qu'il se sentait responsable de t'avoir amenée, il était embarrassé.

– A la rentrée, on s'est revus à la fac, forcément... Mais c'était fini, il était retourné avec sa bande. Il me disait même plus bonjour, exactement comme s'il me connaissait pas, comme s'il m'avait jamais connue... Et les filles ! Ravies, elles étaient... Elles passaient tout près de moi en faisant semblant de pas me voir, pire que si j'étais une chaise, ou alors elles me balançaient des petits bonjours condescendants...

– Il y avait d'autres étudiants dans ta faculté, tu aurais pu te faire de nouveaux amis.

– Tu comprends pas, répète Ange avec impatience. Cette bande, en première année, c'était ce qu'il y avait de mieux à la fac, la crème de la crème... Et moi, grâce à Gilles, j'en avais tout de suite fait partie, enfin, c'est ce que je croyais... Après eux, je pouvais que descendre.

François se tait, surpris de découvrir Ange si sensible aux questions de préséances, si préoccupée de son rang, déjà, dans cette petite société d'adolescents.

– ... J'avais plus envie de parler à personne. J'avais même plus le cœur à travailler, l'impression que ça servait à rien, qu'on me ferait toujours sentir d'où je venais, une fille d'ouvrière, j'étais marquée.

– Tu n'exagères pas un peu là ?

– En province, tout le monde sait tout de suite tout sur toi. Et si tu te distingues, si tu attires un peu trop l'attention et qu'ils ont l'impression que tu essaies de progresser, de grimper dans l'échelle sociale, ça leur plaît pas, ils ont peur que tu viennes marcher sur leurs plates-bandes et très vite tu te heurtes à un barrage, ils font tout pour te renvoyer dans ta merde... Et les enfants sont encore pires que les parents... Enfin, au retour des vacances de Noël, j'en fichais plus une rame et un mois après je me suis tirée de la fac, je pouvais plus supporter cette humiliation, le triomphe de ces garces.

– En somme, tu as réagi comme elles voulaient, dit François en jetant un coup d'œil au comptoir.

– Sans le savoir, j'ai dû faire une petite dépression, tout d'un coup je m'intéressais plus à rien, le vide complet... Je vois que je t'embête avec mes histoires.

– Non, dit François, mais les clients vont arriver. Il faut que j'y retourne. Reste pas là à remuer ces vieux... ces mauvais souvenirs. Viens, je vais te faire un café.

Ange s'est déjà levée. Elle boit debout le reste de son bock.

– Pas la peine, je dois y aller, dit-elle d'un air contrarié.

– Tu préfères pas te reposer un peu en haut ? Tout à l'heure, je te ferai un bon petit dîner et tu pourras remonter voir un film, passer une soirée tranquille...

– T'en as rien à foutre de ce que je peux raconter, hein ?

– Nous aurons tout le temps de discuter dimanche, dit François qui aimerait mieux l'entendre s'exprimer calmement et à jeun. Tu penses pas que ça te détendrait de faire un petit somme ?

– Non, faut que j'aille m'occuper d'Aziza.

En réalité, c'est plutôt Aziza qui va s'occuper d'elle. François les connaît assez à présent pour deviner comment va se terminer la soirée. Maintenant que la bonde est lâchée, Ange va continuer de s'épancher dans l'oreille de son ami, qui la comprend, lui, qui sait ce que c'est que de se sentir rejeté, ne l'ennuie pas avec des remarques de bon sens et ne lui mesure pas la bière... Près de cette âme bénigne et douce, à l'écoute, toujours disponible, elle ressassera ses déboires, les injustices qui lui ont été faites, les affronts qu'elle a subis, jusqu'à ce que, assommée par l'alcool et par la fatigue, elle finisse par s'endormir. Alors Aziza la couchera, la bordera... Demain, Ange sera malade et ne se montrera pas de deux ou trois jours.

François la laisse partir en se sentant à la fois impuissant et vaguement coupable.

Comme il s'y attendait, trois jours après, Ange est réapparue. Mais on aurait dit que leur première conversation un peu sincère, où pour la première fois François l'avait entendue s'exprimer clairement, sans ses réticences habituelles, avait été le départ d'une véritable crise. Elle semblait ne plus pouvoir s'arrêter de se confier. En remontant le soir après la fermeture, si tard qu'il fût, François la trouvait encore debout, très excitée, un verre de whisky à la main. Et c'était un flot de pauvres anecdotes, le triste récit d'une existence marginale, en butte aux rebuffades, aux rencontres scabreuses, aux brutalités, ou simplement à l'indifférence, au mépris... Une histoire au fond très banale, mais qui paraissait à Ange extraordinairement singulière et sur laquelle elle s'étendait avec une complaisance douloureuse.

Sous l'influence de l'alcool, ces confidences, commencées à mi-voix dans la tranquillité nocturne du petit appartement, se terminaient invariablement par de violents débordements de plaintes, de cris et de pleurs, suscitant les protestations de la locataire du deuxième dont les coups de manche à balai ne tardaient pas à retentir au plafond. Malgré sa fatigue, sentant chez son amie un réel désespoir, François supportait vaillamment ces scènes en s'employant à la consoler et à la raisonner.

Après une semaine de ce régime, le moment de crise passé (sans doute la crise était-elle nécessaire), réconfortée par les patients encouragements et les marques d'affection que lui prodiguait François, vidée, enfin calmée, Ange a décidé de se chercher une occupation, un travail. Le mois de janvier est le mois des résolutions.

Il n'était évidemment pas question de s'en remettre à Pôle Emploi qui, lorsqu'elle y va pointer, ne lui propose que des petits boulots mal payés, répétitifs et sans avenir qu'Ange juge avec raison indignes d'elle. Ce qu'elle désire, c'est un job « intéressant », une situation qui lui procure un statut social valorisant, de préférence dans un secteur prestigieux. Une véritable insertion (c'est d'ailleurs le principe de son RMI). Et François, qui n'est pas, loin de là, en mesure de résoudre tous ses problèmes, s'est avisé qu'il pouvait au moins l'aider à sortir de la marginalité. Ange vient juste d'avoir trente-cinq ans, elle est belle (atout indéniable pour une femme qui cherche un emploi), raisonnablement instruite, elle apprend vite et parle couramment l'anglais. Quand elle le veut, elle est même capable d'avoir de bonnes manières. Mais surtout elle n'est plus seule : à présent François est là pour l'épauler. L'idée qu'au milieu de sa vie elle pourrait repartir à zéro, trouver un métier qui lui plaise et commencer à suivre une voie n'est donc pas complètement utopique.

Avant toute chose, il faut modifier son apparence, la rendre, comme elle dit, présentable. Un après-midi, François confie son établissement à Paulo (son autre protégé RMIste...) et emmène Ange faire des courses. Après l'épisode du manteau en peau de chèvre, il a cru plus prudent de l'accompagner et, pour effectuer leurs achats sans perdre de temps, il a pensé au Bon Marché : un grand magasin leur évitera les allées et venues entre les boutiques.

En pénétrant pour la première fois dans cet antre parisien du luxe, Ange se durcit. Peur de détonner, d'être humiliée ; elle a perdu son air d'indifférence ou de provocation tranquille. L'abondance d'objets coûteux, le scintillement des lumières et des glaces, l'odeur enivrante de la parfumerie qui baigne l'atmosphère du rez-de-chaussée évoquent avec force un monde dont elle se sait exclue.

– Ça va ? lui demande François, qui ne s'attendait pas à des manifestations d'émerveillement, mais au moins à un minimum d'intérêt, de curiosité.

Ange se contente de hocher la tête et le suit, la mine sombre, dans l'escalator qui les conduit à l'étage du prêt-à-porter.

Arrivé en haut, François parcourt les allées d'un pas sûr ; Ange le suit, caressant d'une main légère au passage les vêtements pendus sur les portants. Après le choc du rez-de-chaussée, dans le cadre moins clinquant, plus intime du premier étage, elle commence à s'acclimater (pourvu qu'on ait un peu d'imagination, on a vite fait de se sentir chez soi au milieu des belles choses).

Ils se sont préalablement mis d'accord pour un tailleur-pantalon, tenue appropriée pour chercher un emploi, et dont le style androgyne sied à Ange qui n'est pas une femme à froufrous. François finit par s'arrêter devant le stand d'une marque italienne, fait glisser quelques cintres d'un geste énergique et décroche un ensemble gris, un prince-de-galles bien coupé éclairé d'un ou deux fils de couleur. Très classe, dirait Ange qui, n'osant croire qu'un tel objet lui est destiné, s'absorbe dans la contemplation du plafond. Mais François a décidé de faire bien les choses : il s'agit de lui montrer qu'elle en vaut la peine et qu'il croit en elle.

– Il te plaît ?

Ange opine en silence, se préparant déjà à une déception : François pourrait regarder l'étiquette et le trouver beaucoup trop cher, ou bien l'ensemble ne sera pas à sa taille.

– Essaie-le.

En sortant de la cabine d'essayage accompagnée de la vendeuse, Ange s'avance vers

François de sa démarche saccadée. Le tailleur lui va bien, on dirait qu'il a été coupé sur elle ; pourtant, en dépit de sa silhouette élancée, elle n'est pas vraiment élégante. Elle manque d'allant et de désinvolture, elle paraît un peu trop consciente de ce qu'elle porte, comme ces bourgeois dont les vêtements signent d'une manière si appuyée la classe sociale qu'ils ont l'air de n'avoir été choisis que dans ce but. Elle a même pris un peu de hauteur (sa façon d'ignorer sa vendeuse, de s'abstenir de répondre à ses remarques, suggère que, née du bon côté de la barrière, elle n'eût pas été tendre pour les humbles). Mais François ne s'attendait pas à une métamorphose (il n'est pas Pygmalion, Ange n'a rien d'une *Pretty Woman)*. Pour l'instant, elle est bien habillée et semble se dépouiller de sa timidité. Bientôt elle habitera ce vêtement qui paraît encore un peu trop nouveau sur elle.

Pendant que François l'entraîne au rayon des imperméables, elle le remercie d'un compliment : "Tu as l'œil, toi... On voit que t'as fait du théâtre." Flatté, il se dit qu'en effet il accomplit un travail de costumier. Il est en train de créer un personnage. Conforme, rassurant. Tout le contraire d'Ange.

Il s'en doutait, le trench-coat lui va parfaitement. Elle l'enfile avec naturel, en noue négligemment la ceinture, relève le col et enfonce ses mains dans les poches avec un air fatal... On dirait qu'elle n'a jamais rien porté d'autre. Le trench qu'elle a essayé est beige, elle le préférerait de couleur mastic. François obtempère mais en choisit un pourvu d'une doublure de lainage amovible, qui remplacera avantageusement sa peau de chèvre quand il fera moins froid.

Au rayon des chaussures, à cause de ses longs pieds égyptiens, les essayages se font dans les rires. Finalement, leur choix s'arrête sur des mocassins de cuir brun et sur une paire d'escarpins noirs à talons très hauts. Les escarpins, Ange avait l'air d'y tenir, bien qu'elle semble avoir du mal à marcher avec ; juchée sur ces talons de dix centimètres, elle fait quelques pas mal assurés devant François... Mais depuis quand n'a-t-elle pas porté ce genre de chaussures ? A l'usage, l'aisance viendra peut-être. De toute façon, elle mesure un mètre soixante-huit et n'a pas besoin de hauts talons. François lui trouve plus d'allure en talons plats.

Ils terminent par quelques bricoles : un chemisier, un pull de laine fine, un peu de lingerie ; Ange avait aussi besoin d'un sac en cuir pour remplacer sa besace de toile militaire... Ils sortent enfin du magasin, souriants et chargés de paquets comme deux touristes japonais.

L'après-midi a passé vite, il est maintenant cinq heures et demie. Ange irait bien boire un verre quelque part, mais François, inquiet d'avoir laissé les rênes à Paulo, est pressé de rentrer. En fin de journée, avec les embouteillages de la sortie de Paris sur l'autoroute, le trajet sera deux fois plus long.

– T'as raison, on y va, dit-elle, estimant le moment mal choisi pour le contrarier.

Dans la voiture, juste avant qu'il démarre, elle a même un mouvement spontané, rarissime de sa part : avec une maladresse qui montre assez qu'elle n'est pas coutumière de ces démonstrations, elle s'élance brusquement vers François et lui plaque un baiser sur la joue.

Deux heures plus tard, François s'arrête enfin devant chez lui. Pendant qu'il court relaycr Paulo, Ange, ayant refusé d'être raccompagnée chez elle avec ses emplettes, monte elle-même ses paquets dans l'appartement en passant par la porte de l'immeuble.

Au bout d'un moment, ne la voyant pas redescendre, François lui apporte son dîner sur un plateau. Il y a joint une demi-bouteille de Fleurie (il n'a pas l'intention de la sevrer il n'aurait pas les compétences nécessaires, il essaie seulement de l'habituer à boire normalement).

Ange est assise au milieu du canapé, ses vêtements neufs étalés autour d'elle. Elle a dû s'amuser à les réessayer devant la glace et maintenant il lui plaît de les avoir sous les yeux. Le tailleur italien est déjà sur un cintre accroché à une patère. François sourit :

– Toujours contente de tes achats ?

– Très, dit-elle, merci.

– Tu descends pas faire un tour ?

– Non, je suis bien là. Je vais prendre un bain et lire un peu. J'aime mieux t'attendre. Je me repose.

Elle a rejeté sa tête en arrière, la nuque appuyée sur le bord du dossier. Les yeux mi-clos, elle montre un visage apaisé, presque serein, où flotte un léger sourire dont elle ne doit pas être consciente ; elle se laisse glisser dans la sécurité de l'instant, ce moment de vrai confort, de *vie normale*, qui s'offre à elle comme une trêve.

François pose son plateau sur la table basse.

– Tu vas manger quelque chose ?

– Mais oui, t'en fais pas, dit-elle en fermant complètement les paupières.

Quand il remonte deux heures et demie plus tard, Ange est couchée, elle a l'air de dormir. Dans la chambre, le rai de lumière qui filtre de la salle de bain dont elle a laissé la porte entrouverte parce qu'elle a peur dans le noir complet, répand sur son visage une lueur nacrée. Ses traits sont lisses; au bord de ses paupières closes, ses longs cils dessinent une frange noire sur ses joues. Pendant qu'il la contemple avec tendresse, elle ouvre les yeux et lui tend les bras. François se déshabille et se met au lit. A peine s'est-il glissé près d'elle qu'Ange se serre contre lui, l'enlace, l'enveloppe avec force de son corps tiède. S'ensuivent quelques minutes merveilleuses, une étreinte de celles qui comptent dans la vie d'un homme. Jamais Ange n'a montré tant d'ardeur et d'élan, ne s'est livrée avec autant de confiance. Jamais tant de délicatesse et d'attention pour lui...

Quelques instants plus tard, comblé, François s'endort en souriant : allons, tous les espoirs sont permis, Ange est une femme comme les autres.

Depuis quelque temps, pressé par Monsieur Rossignol, le comptable qui vient chaque fin de mois établir ses déclarations et mettre ses livres à jour (et qui ne se gêne plus pour faire des remarques ironiques quand François pose devant lui la pique où sont empalées ses factures et les grands registres balzaciens de toile noire que le malheureux est contraint de remplir à la main), François songeait à acheter un ordinateur. Le moment paraît tout choisi pour passer à l'acte. Ange tape un peu à la machine, elle a même fait de la saisie informatique pendant les quelques mois qu'elle a passés chez Michelin, à l'époque où les entreprises commençaient à équiper leurs bureaux d'ordinateurs personnels. Mais tout cela est loin, elle ne se souvient plus de grand-chose ; quant à François, c'est un parfait néophyte.

L'arrivée de l'ordinateur, du modèle recommandé par M. Rossignol et comportant des logiciels de traitement de texte, de gestion et de comptabilité, est un événement. Pour l'accueillir, François a aménagé la plus petite de ses trois pièces, laquelle est donc à présent transformée en bureau. Le comptable pourra y compter en paix, au lieu qu'avant il était obligé de s'installer au rez-de-chaussée, à une table de la salle, et se trouvait constamment dérangé par le bruit et les allées et venues des clients. Cet homme entreprenant et efficace lui a aussi recommandé un formateur, qui se trouve être son neveu (en ces temps difficiles, le népotisme est partout), lequel viendra sur place quatre heures par semaine, à raison de deux fois deux heures, et dispensera son enseignement à François et à Ange en même temps. Ces leçons à domicile coûtent cher car l'informaticien se déplace exprès de Paris et facture en plus de ses prestations le temps passé dans les embouteillages (à quoi il faut ajouter le billet glissé à Paulo qui tiendra le bar en bas pendant la durée du cours), mais M. Rossignol a promis à François que son neveu était excellent pédagogue et qu'une dizaine de leçons suffiraient amplement.

Le jour de la première leçon, se présente un garçon grassouillet et pâlot d'environ vingt-cinq ans, au doux regard absent derrière des lunettes aux verres épais. Après avoir complimenté François sur la qualité du matériel procuré par son oncle, il ouvre un lourd attaché-case bourré de manuels, de disquettes et de tournevis, prend place devant l'ordinateur entre ses deux élèves et, de l'air concentré et gourmand d'un pianiste entamant son morceau préféré, leur annonce qu'il va, pour commencer et afin que les choses soient bien claires, leur donner un petit aperçu théorique. Tout en faisant défiler sur l'écran des schémas hermétiques, il entame un discours non moins obscur sur le système binaire positif-négatif, la progression en escalier des pixels et des sous-pixels, les paramètres de résolution, la fréquence de rafraîchissement... et ainsi de suite.

Au bout d'un quart d'heure, abasourdis, ses deux élèves échangent, derrière son dos, une grimace amusée et perplexe qui décide Ange à l'interrompre :

– On s'en fiche de la théorie, on veut seulement apprendre à se servir de l'ordinateur.

Le formateur contemple les deux visages obtus tendus vers lui : il vient encore de tomber sur une paire de cancres. Comprenant que ses efforts pour leur dévoiler les mystères de l'informatique ne seraient que confitures aux cochons, il se résigne, puisqu'il est payé pour ça, à enseigner le b-a-ba du traitement de texte et de la navigation sur le Web à deux esprits pragmatiques et bornés.

Ce premier cours terminé et leur jeune maître parti, étourdis par tant de science et de technicité, Ange et François se laissent tomber sur le canapé en s'esclaffant comme deux potaches dissipés et ignares.

– A propos de fréquence de rafraîchissement, dit Ange, je boirais bien un demi.

Néanmoins, elle se met à l'étude avec ardeur. Le lendemain, François a la surprise de la voir apparaître à l'heure des petits noirs, les traits reposés et le teint frais des bons jours, ceux où elle n'a pas trop bu la veille et s'est couchée de bonne heure. Ses cheveux qui d'ordinaire cachent en partie son visage sont ramenés derrière ses oreilles et retenus par des barrettes. Elle a dormi chez elle, enfin chez Aziza qui n'a pas dû être peu surpris, ce matin, en entendant le réveil sonner.

– Eh bien, ne peut s'empêcher de la taquiner François, tu es tombée du lit ?

En réponse, à sa manière allusive (chaque fois qu'elle le peut, au lieu de parler, Ange se fait comprendre), elle pose sur le comptoir un cahier d'écolière auquel est accroché un stylo Waterman tout neuf.

– Tu veux t'entraîner là-haut ? traduit complaisamment François.

– Si c'est possible…

Il lui sert un café et propose :

– Je te fais une tartine ? Ça te donnera des forces.

– Je veux bien.

En apparence impassible, mais intérieurement très émue, Ange promène son regard sur les gens qui l'entourent : quelques électriciens de la fabrique, deux jeunes coiffeuses déjà en blouse blanche, les ouvriers du bâtiment qui retapent une maison voisine, des employés de bureau du quartier, dont certains la connaissent de vue et l'ont saluée de loin d'un signe de tête comme si elle était des leurs et qu'il était tout naturel de la voir là. Pourtant, il y a bien longtemps qu'Ange ne s'est pas trouvée mêlée aux travailleurs matinaux, et sur le même plan qu'eux, à l'aube d'une journée laborieuse… Elle se sent fragile et neuve comme un convalescent qui, après une longue maladie, reprend le cours normal de sa vie.

– Tu sauras mettre l'ordinateur en marche ? dit François en lui remettant sa clé.

Elle hausse imperceptiblement les épaules :

– Bien sûr que je saurai. De toute façon, j'ai les manuels.

– S'il y a un problème, n'hésite pas à venir me chercher.

– Bon, fait-elle, un rien moqueuse, c'est qu'un ordinateur, c'est pas un engin diabolique... – Sa tartine avalée, elle ramasse son cahier et s'esquive – : A tout à l'heure.

– A tout à l'heure, travaille bien, dit François en la regardant s'éloigner.

Toute la matinée, pendant qu'il effectue machinalement les gestes nécessaires à la préparation du déjeuner, son esprit s'évade. Ainsi, il y a maintenant une femme dans son appartement. Pas une invitée, une amie de passage en train de traîner au lit ou de se refaire une beauté dans la salle de bain, mais une femme occupée à une activité normale, utile, comme elle pourrait le faire dans son propre intérieur... Et pour la première fois François pense à Ange comme à une compagne possible. Ce n'est qu'une idée, fugitive et vague, mais peut-être est-il plus attaché à cette fille qu'il ne le croit.

Un mois plus tard, le cycle des leçons achevé, – au contraire de François qui, décidément inaccessible à cet univers désincarné, imperméable à ses beautés, a décroché la deuxième semaine, – Ange sait se servir correctement d'un ordinateur. C'est aujourd'hui une condition nécessaire pour briguer un emploi, du moins dans les secteurs qui l'intéressent. Mais au fait, quels secteurs ?

Lorsqu'elle était adolescente et commençait des études de Lettres à la fac de Clermont, ainsi qu'elle l'a déjà dit à François, quand il lui arrivait de penser à son avenir, Ange se serait bien vue journaliste... reporter à la télévision... et même *grand reporter* pour pouvoir voyager. *Elle se serait bien vue*, sans avoir une notion précise de ce que cette profession fascinante recouvrait... – Mais tout ça n'était que rêves de gamine, elle en convient elle-même aujourd'hui.

L'édition lui paraît plus accessible. Ange lit beaucoup, elle a toujours beaucoup lu – en fait, c'est à la lecture que depuis vingt ans elle occupe le plus clair de son temps, de son temps lucide. A la longue, ça lui a donné une espèce de culture littéraire, un champ de connaissances éparses accompagné d'un sentiment de familiarité avec les écrivains, principalement français et anglo-saxons. Elle ne doute pas de son bon goût et se croit tout à fait capable de juger de la qualité d'un texte. Elle pourrait donc se proposer comme lectrice, sélectionner des manuscrits, rédiger des comptes-rendus de lecture... Pourquoi pas ? Elle saurait faire ça aussi bien qu'une autre.

Ou la publicité ? Ange ne manque pas d'esprit, il lui arrive de faire des jeux de mots amusants. Elle serait sûrement capable, pense-t-elle, d'imaginer des slogans.

La mode, non, sûrement pas. C'est un monde trop agité, trop futile, aucun intérêt pour Ange. D'ailleurs, elle n'y connaît rien, elle se fiche complètement de la mode.

Peut-être, puisqu'elle a été un moment vendeuse dans un grand magasin new-yorkais et qu'elle parle assez bien l'anglais, une galerie de peinture ?

Ou bien une Maison de la Culture ? Un musée ? Une librairie renommée ?

Par un dimanche pluvieux de début mars, une pluie rageuse qui interdit tout espoir de promenade, Ange s'attelle à la rédaction de son curriculum vitae, en s'inspirant du modèle obligeamment fourni par le jeune formateur. C'est plutôt à l'*invention* de son CV qu'il faudrait dire, puisque cet exercice consiste à faire de quelques années d'une vie humaine, si mouvementée, imprévisible, irrationnelle qu'elle ait pu être, un objet plein et lisse, entièrement satisfaisant pour l'esprit, le reposant tableau d'un parcours professionnel (et tant qu'on y est familial) planifié à l'avance et se déroulant selon une progression constante et méritée, sans aléas ni reculs, et surtout sans vides : les Directeurs des Ressources humaines ont horreur du vide.

Ange étale son modèle sur la table, débouche son stylo neuf et ouvre un cahier à spirale à la première page. A sa demande, François s'est assis en face d'elle pour l'aider.

Nom : Orvoen

Prénoms : Marie-Ange, Elisabeth, Argantael…

– Argantael ? C'est joli, dit François.

– C'était le prénom de ma grand-mère paternelle. En breton, ça veut dire *noble argent* ou *brillante et noble,* quelque chose comme ça.

– Tu la vois toujours, ta grand-mère ?

– Non. Je la voyais jamais. Elle doit être morte, maintenant. On continue ?

Et c'est tout de suite le premier écueil :

Date de naissance : …

Ange est née en 1970, elle vient d'attraper (comme on le dit d'une maladie) trente-cinq ans. Il faut reconnaître que ça fait de la bouteille pour débuter dans une profession quelle qu'elle soit. L'ennuyeux est qu'elle les paraît : son visage anguleux, pommettes hautes et joues creuses, bien que joliment proportionné, a perdu très tôt sa rondeur juvénile et la vie qu'elle a menée jusqu'ici n'a rien arrangé. Elle a quelques rides au coin des yeux, des cernes mauves assez marqués sous les paupières, mais ce qui surtout lui fait accuser son âge, c'est une certaine dureté d'expression, cette physionomie fermée, cabrée qu'éclaire trop rarement un sourire.

– Y a qu'à mettre soixante-treize, dit Ange. Ça me fera trois ans de moins.

– Mais ils verront tes papiers, objecte François.

– Ils les verront quand ils m'auront convoquée. Au moins, je serai déjà là.

– Ils sauront dès le début que t'as menti…

– Qu'est-ce que ça peut foutre. Si on m'ennuie avec ça, je dirai qu'il y a eu une erreur.

– Comme tu veux. Va pour soixante-treize.

– Date et lieu de naissance : née le 26 février 1973, à Clermont-Ferrand (Puy-de-Dôme), écrit Ange. Trente-deux ans.

Adresse :…

– Mets la mienne, dit François.

– Ton café ?

– Mais non, pas le café. Seulement ton nom et l'adresse. Je m'arrangerai avec le facteur. On fera comme si tu habitais ici.

– C'est ça, dit Ange, on va faire comme si.

– Mets aussi mon numéro de téléphone, continue François sans relever le persiflage. Comme ça, on est sûrs qu'il y aura toujours quelqu'un pour répondre.

Nationalité : française.

Diplômes :...

– Baccalauréat littéraire, annonce Ange fièrement. – Etudes de Lettres à la Faculté de Clermont.

– C'est vague, remarque François, et c'est pas un diplôme.

– J'y étais quand même inscrite dans cette faculté.

– Un trimestre, c'est court.

– On n'a qu'à pas mettre Diplômes. Seulement le bac et les études supérieures... Etudes supérieures : Faculté de Lettres de Clermont-Ferrand. – Et voilà, conclut-elle, en imprimant un petit balancement satisfait à sa chaise.

Langues étrangères (*notions – langage courant – maîtrise parfaite*) : ...

– Anglais US, maîtrise parfaite, énonce Ange tout en écrivant.

– Tu es sûre ? dit François. Ça fait tout de même un bout de temps.

– Ça reviendra vite. J'écouterai des cassettes.

– Tout de même, *maîtrise parfaite*... Ça doit être le niveau des traducteurs, ça. Suppose qu'on te fasse faire un test ?

– Je m'arrangerai pour pas le faire, je trouverai bien un prétexte. Remarquant l'air surpris de François – : Quoi, qu'est-ce qu'il y a ?

– Rien, il n'y a rien. T'en as déjà envoyé des CV ?

– Non, jamais. C'est marrant.

François découvre son amie sous un jour inconnu. Elle avait insisté pour qu'il l'aide à rédiger un curriculum vitae plausible et il s'attendait à la trouver timide, embarrassée, il se préparait à la stimuler. Au lieu de quoi, il la voit se mouvoir dans le mensonge avec aisance, sans se soucier de vraisemblance ni s'inquiéter d'être découverte, comme si son toupet même, l'évidence éclatante de l'imposture la protégeait, qu'elle comptait sur son pouvoir de sidération.

– Ce que tu peux être timoré ! lui lance-t-elle soudain, agacée par ses objections. Faut bien mettre un truc intéressant dans ce CV, sinon ils m'appelleront jamais. – Puis d'un ton autoritaire et protecteur : Tu comprends, mon petit François, quand on veut obtenir quelque chose, il faut foncer.

– Fonçons, dit François. Expérience professionnelle. Ton déroulement de carrière...

La carrière d'Ange ! Elle en plaisante elle-même :

– C'est là qu'il va falloir faire preuve d'imagination.

Le modèle suggère de commencer par le dernier emploi, ce qui pose problème quand le dernier emploi date d'une quinzaine d'années. Ange suce le capuchon de son stylo, les yeux dans le vague. Curieux de voir comment elle va s'en tirer, François ne souffle mot.

– T'as pas une idée ? lui demande-t-elle finalement.

– Non.

– T'es fâché ?... C'est parce que je t'ai dit que t'étais timoré ?... J'ai dit ça comme ça.

– Aucune importance. Ton dernier emploi ?... Professeur d'anglais ? Interprète à l'ONU ?

– Si c'est pour te foutre de moi...

– Alors quoi ?

Ange réfléchit.

– Y a qu'à faire le contraire. Commencer par le premier : Michelin.

– Tu faisais quoi, chez Michelin ?

– J'étais à la Compta. Je saisissais des chiffres sur informatique. Ça colle pas trop avec les études de Lettres.

– En effet. Mieux vaut trouver autre chose, personne n'ira vérifier un premier emploi dix-sept ans après. A part la Compta, qu'est-ce qu'il y avait comme services ? s'enquiert François, décidé à se montrer coopératif.

– L'administration, la gestion du personnel, le service commercial, tout ça, dit Ange. Ah, oui : ils avaient aussi un département Communication et Publicité. Tout un étage.

– Très bien. Qu'est-ce qu'ils y faisaient exactement ?

– Je sais pas au juste. Ils s'occupaient de leur publicité avec les agences, ils dessinaient des maquettes pour leurs publications. Il traînait beaucoup d'imprimés dans cette boîte, des catalogues, des prospectus...

– Parfait. Tu rédigeais des catalogues.

– Rédaction de catalogues, écrit sagement Ange sur son cahier. Et puis quoi d'autre ? Traductions ? Traductions de notices ?...

– Il vaudrait mieux quelque chose de plus vivant, dit François, jugeant la mention « Traduction de notices » trop risquée en ce qu'elle pourrait entraîner des essais humiliants pour Ange (d'après lui, les traducteurs de notices techniques sur les pneumatiques ne doivent pas se bousculer). Cherche plutôt dans les contacts avec les gens.

– Réunions avec l'agence de pub, propose-t-elle.

– Pour quoi faire ?

– Euh… la mise au point… choisir les photos des brochures… se mettre d'accord sur les articles… Je sais pas, moi !

– C'est pas mal, ça. Tâche de préciser un peu, tu auras tout le temps d'y réfléchir. Et après Michelin ?

– Avant, il y a le problème des dates. J'y suis restée que huit mois et demi chez Michelin.

– Compte deux ans, dit François, qui commence à se prendre au jeu. Pour quelqu'un de très jeune, deux ans dans un premier emploi ça ne peut pas faire mauvaise impression.

– Ça fait stable, approuve Ange gravement. – Et elle inscrit ses dates arrangées avec application, le nez sur son cahier.

– Ensuite ?

– Ensuite, je suis partie aux States. J'ai travaillé dans un *department store*, un grand magasin. Je te l'ai déjà dit.

– Quel magasin ?

– Saks, à Manhattan.

– Qu'est-ce que tu faisais ?

– Vendeuse, je te l'ai déjà dit. Au département Habillement. Ce qui était chic à New-york, c'était les marques italiennes et françaises. Ils m'avaient engagée comme stagiaire et mise dans un rayon de prêt-à-porter à cause de mon accent. En plus, je leur servais d'interprète : on venait me chercher pour les clients étrangers, les Français naturellement, et les Suisses, les Belges, les Antillais, les Malgaches, les Arabes, est-ce que je sais… – Il y a beaucoup de gens qui parlent français dans le monde, plus qu'on pourrait le croire, souligne-t-elle d'un ton sentencieux. Ils avaient plusieurs vendeurs francophones dans le magasin.

– Tu y es restée longtemps ?

Ange se rembrunit et lui expédie un coup d'œil méfiant comme s'il profitait de l'occasion pour s'insinuer dans sa vie passée. François sent qu'il a atteint une limite. A la vérité, il aimerait bien savoir ce qu'Ange était allée fabriquer aux Etats-Unis. Elle lui a parlé de son enfance solitaire avec sa mère, de son adolescence humiliée parmi la jeunesse dorée de Clermont, de son existence précaire, hasardeuse à son retour en France, mais sur son séjour en Amérique, une tombe, pas une anecdote, pas un souvenir. Il y a quelquefois pensé à ce départ, tout juste majeure, pour un pays dont elle ignorait à peu près tout et où elle ne connaissait personne. Qu'est-ce qu'elle espérait y trouver ? Un riche mari ? Une société plus ouverte où les barrières sociales étaient abolies et où chacun avait sa chance, comme elle avait pu le lire ou l'entendre raconter ici ou là ? Une gamine qui avait déjà souffert d'ostracisme dans sa ville natale avait pu croire à ce bobard…

– Hein, insiste François, tu y es restée combien de temps ?

– Aux States ? Deux ans.

– Dans le magasin…

– Je me rappelle pas, deux trois mois.

– Tu t'ennuyais ?

– C'est eux qui m'ont virée.

– Ah, commente sobrement François, n'osant pousser plus loin.

Mais Ange s'explique d'elle-même avec un petit rire :

– Ils m'ont virée pour une connerie…Une blague de môme : de temps en temps, j'empruntais un vêtement dans le stand d'à côté (je m'en souviens, c'était le stand de Jean-Jacques Gaultier, à l'époque ça m'allait bien ce style de fringues) et je le portais toute la soirée. Tu vois, c'était pas bien méchant : en partant à la fermeture, j'enfilais un truc sous mes affaires pour le sortir du magasin et je le remettais en place le lendemain. Je lui faisais prendre l'air, quoi... J'ai fait ça pas mal de fois.

– Et tu as fini par te faire prendre ?

– C'est la responsable du rayon qui m'a attrapée un matin, juste au moment où je replaçais un blouson sur son cintre. J'ai prétendu qu'il était tombé, que je venais de le ramasser, mais ça n'a pas marché. En fait, la bonne femme m'observait depuis un moment, elle attendait d'être sûre... Remarque, elle a pas été trop vache : elle aurait pu me faire piquer à la sortie, ç'aurait été plus grave.

– Ils auraient cru à un vol, dit François.

Cette fois, Ange s'empourpre et plonge dans son cahier en se cachant derrière ses cheveux. François a l'intuition qu'il vient de mettre le doigt sur quelque chose. Qu'il s'est passé là-bas, « aux States », un truc pas très avouable, qu'elle préfère oublier. Peut-être dans le grand magasin, ou peut-être plus tard...

– Et ensuite, reprend-il, tu as trouvé un autre emploi ?

– Non, j'ai même pas cherché.

– Ma petite Ange, je ne veux pas être indiscret, mais de quoi tu vivais ?

– J'avais rencontré quelqu'un, un garçon qu'était dans une bande. On traînait dans le Queens. On dormait chez les uns ou chez les autres. On zonait, quoi... A cet âge-là, on se pose pas trop de questions.

– Et puis t'en as eu assez ? T'es rentrée en France ?

– Ouais... c'est à peu près ça.

Elle est de plus en plus fuyante et renfrognée. François commence à soupçonner qu'elle a été mêlée à une histoire, peut-être arrêtée et purement et simplement expulsée. Ou bien c'est elle qui aura pris peur : plutôt que de risquer d'avoir affaire à la police de New-York, elle a demandé à sa mère de lui expédier son billet et elle est rentrée dare-dare. Ce ne sont que des suppositions, et qui le resteront. Il sait qu'Ange n'en dira jamais rien. Et puis, au fond, quelle importance ?... Ça fait si longtemps.

– De toute façon, hein, dit Ange en relevant la tête, je vais pas raconter ça dans mon CV. Pour Saks, je mettrai que j'y suis restée deux ans. Euh, plutôt trois… Trois ans.

– Si tu veux, soupire François. Et ensuite ? Qu'est-ce que tu as fait une fois rentrée en France ?

Ange reste muette ; depuis quinze ans, elle n'a rien fait, rien tenté. Elle n'a pas le moindre stage, la moindre période d'essai, le moindre remplacement à prolonger, gonfler, enjoliver… Perplexe, elle fixe François d'un air d'attente et de reproche, comme si, l'ayant placée dans cette situation embarrassante, c'était à lui de l'en sortir.

Mais François commence à se lasser du jeu, il n'est pas doué pour le mensonge et sa capacité d'invention s'épuise :

– Si on continue comme ça, dit-il, surtout sans certificats, on va pas être crédibles. Il vaut mieux dire que tu ne travaillais pas. Par exemple, que t'étais mariée, que tu vivais avec quelqu'un pendant toutes ces années…

– … et il est mort, embraye Ange avec entrain. Un accident de voiture.

– Ou parti. Il t'a quittée et tu dois te débrouiller seule, propose François en repoussant sa chaise. Il y a des milliers de femmes dans cette situation. Au moins, ça serait vraisemblable... – Je te laisse maintenant, j'ai à faire en bas. Tu as déjà pas mal d'éléments. Tu crois que tu pourras te débrouiller ?

– Ça ira.

Quand il remonte une heure plus tard, elle lui met d'autorité son brouillon de CV et sa lettre de motivation dans les mains. François se penche avec curiosité sur les pages du cahier, couvertes d'une écriture étrangement enfantine. Ange a gardé une écriture d'écolière, une écriture régulière et soignée de bonne élève dont les minuscules arrondies ne dépassent pas des lignes imprimées. Sa lettre de motivation peut paraître égocentrique et naïve; mais, en même temps, ces quelques lignes maladroites ont quelque chose de touchant, elles ne manquent pas de fraîcheur. Le français est correct et il n'y a pas de fautes d'orthographe – tout au moins, lui François, n'en a pas vu.

– Tu crois que ça va marcher ? demande-t-elle avec anxiété quand il a terminé sa lecture. T'as vu, j'ai ajouté bonne culture générale et maîtrise de l'informatique.

– Tu as bien fait. N'oublie pas de coller ta photo. (Son visage si beau, si étrange pourrait donner à quelqu'un l'envie de la rencontrer, de la voir en chair et en os. D'après François, qui ne connaît que les rapports humains, les entreprises ne doivent pas accorder autant d'importance aux CV qu'on l'imagine.) – Une photo de trois quarts.

– Pourquoi de trois quarts ?

– Pour qu'on voie ton joli museau.

Ange est sensible au compliment :

– J'irai faire des photomatons, dit-elle en reprenant son cahier. Maintenant je vais mettre tout ça sur informatique. J'en ferai douze exemplaires parce que le formateur m'a dit qu'il faut l'envoyer à plusieurs sociétés en même temps. Tu crois que ça va marcher ? interroge-t-elle encore une fois avec espoir.

François ne sait pas. L'important, pour lui, c'est qu'elle ait commencé à bouger, quitté son attitude butée, *en dehors*, son air de refuser d'avance ce qu'on ne lui offre pas.

– C'est un début, dit-il. Si tu n'y vas pas la première, personne ne viendra te chercher.

Le surlendemain, d'un pas boitillant mais ferme, les joues rosies d'excitation, Ange fait une entrée remarquée au Café du Canal où se presse la foule du vendredi soir. Elle vient de mettre ses douze lettres à la poste, la moitié à destination de maisons d'édition connues, l'autre moitié à des agences de publicité dont elle a relevé les noms dans l'annuaire. La balle est dans leur camp. Fière de l'effort accompli, elle est pleine d'optimisme et d'espérance, comme illuminée par une anticipation de réussite qui attire tous les regards sur elle.

Frédérique, voyant l'attention se détourner de sa personne, l'observe de loin sans aménité. Elle a depuis longtemps compris (comme tous les autres clients d'ailleurs) qu'Ange est la petite amie, la *copine* du patron, c'est-à-dire qu'elle a réussi là où elle-même a échoué, qu'elle a été battue sur son propre terrain, le terrain de la séduction.

Tout au long de l'hiver, elle a eu tout loisir de comptabiliser les acquisitions de sa rivale : nouveaux vêtements, chaussures, écharpes, un sac neuf même, une besace en cuir grainé Longchamp (un sac de marque !) que Frédérique a tout de suite reconnue parce qu'elle l'avait vu photographiée dans ELLE... – autant de cadeaux offerts par François dont elle pense sincèrement qu'ils auraient dû lui revenir, qu'Ange les a, par quelque manœuvre, usurpés. Mais le plus dur à avaler c'est son entrain, cet air occupé qu'elle affiche depuis quelque temps, l'air de quelqu'un qui a un projet, quelque chose d'intéressant à faire, et par là-dessus sa façon de la narguer, elle, Frédérique, de la prendre ouvertement pour une imbécile...

Trop maligne pour provoquer un esclandre (il s'agit quand même de l'amie du patron), elle ronge son frein et patiente : qu'Ange fasse une faute, la bouscule par mégarde en passant ou prononce un mot malheureux, Frédérique pourra s'engouffrer dans la brèche et dire ce qu'elle pense à l'usurpatrice.

En attendant, la tension entre les deux femmes est palpable, nourrie d'yeux au ciel, de soupirs, de bouches pincées, de hautains détournements de tête, d'insultes muettes intelligibles au seul mouvement des lèvres... – tout un sémaphore fait pour demeurer inaperçu des hommes et qui, bien entendu, passe largement au-dessus de la tête de François.

5

Il fallait s'y attendre, le mailing envoyé par Ange est resté sans réponse, à l'exception de trois lettres arrivées presque en même temps une quinzaine de jours après.

Deux d'entre elles émanaient d'agences de publicité. L'une était une circulaire de refus poli; l'autre remerciait Ange de l'intérêt qu'elle portait à leur société et, sans tenir compte de la lettre de motivation où elle se proposait comme rédactrice, l'informait qu'on conservait ses coordonnées et qu'on ne manquerait pas de la contacter pour un entretien d'embauche dès qu'un poste d'hôtesse se libérerait à l'Accueil (proposition due, sans doute, à sa prétendue *maîtrise parfaite* de l'anglais).

La troisième et dernière missive venait d'une des grandes maisons d'édition auxquelles Ange avait présenté sa candidature comme lectrice. Elle l'assurait que le roman dont elle était l'auteur avait retenu toute leur attention mais que, malgré ses qualités indiscutables, il n'entrait malheureusement pas dans le cadre de leurs publications. On lui conseillait de montrer son manuscrit à d'autres éditeurs, ne doutant pas qu'elle aurait bientôt la joie de découvrir son œuvre, parmi les autres nouveautés, sur les tables des librairies. Une secrétaire surchargée avait dû se tromper de circulaire.

En lisant la réponse de l'éditeur – certes envoyée par erreur mais qui en disait long sur le cas qu'on faisait de sa candidature –, Ange était devenue très pâle, en même temps qu'une stupeur incrédule se peignait sur ses traits. Sa lecture finie, sans prononcer un mot, elle avait jeté la lettre sur la table de la cuisine et elle était sortie. Cinq minutes plus tard, François avait entendu claquer la porte de la rue à ébranler tout l'immeuble.

Sur le coup, bien qu'il ait été peiné pour elle, il devait bien s'avouer que le départ d'Ange l'avait plutôt soulagé. Les deux semaines qui avaient suivi l'envoi de son mailing avaient été un calvaire pour eux deux. Pour commencer, afin d'être présente à l'heure du courrier, elle s'arrangeait pour dormir tous les soirs chez lui. La présence quotidienne d'une femme dans son lit aurait à elle seule suffi à empêcher François de se reposer ; mais en plus Ange dormait mal, s'agitait, allumait la lampe de chevet et se relevait au milieu de la nuit, réveillant tout à fait François qui n'arrivait plus à se rendormir. Le matin, elle se précipitait sur la boîte aussitôt après le passage du facteur et, en la voyant revenir bredouille, la tête basse et traînant des pieds, comme écrasée par la déception, il souffrait avec elle. Du moins, les premiers temps, partait-elle encore le matin pour ne revenir que le soir. Mais elle téléphonait six fois par jour pour savoir si elle avait reçu un appel, une convocation, un message quelconque, et c'était un crève-cœur pour François d'entendre sa voix anxieuse au bout du fil et de devoir lui répondre à chaque fois que non, il n'y avait rien eu pour elle.

Les choses étaient allées ainsi une petite semaine. Puis il y avait eu une seconde phase, encore plus dramatique, pendant laquelle Ange ne sortait presque plus, errait toute la journée comme un zombie entre l'appartement et le café. Elle ne mangeait pratiquement plus rien, buvait énormément, prétendant, quand François s'en inquiétait, que la bière était nourrissante. S'il avait l'imprudence d'insister, elle le fixait intensément sans répondre et ses yeux lui disaient clairement qu'elle en était là par sa faute et que le moins qu'il pouvait faire à présent était de lui ficher la paix. Se désintéressant des vêtements qu'il lui avait achetés comme d'oripeaux après carnaval, elle avait réendossé sa tenue ordinaire, son jean, ses chemises d'emprunt, sa vieille veste d'homme usée jusqu'à la corde, autre manière de lui faire comprendre qu'il aurait mille fois mieux fait de la laisser comme elle était. – Alors oui, n'en pouvant plus du spectacle de ce désespoir dont Ange le rendait tacitement responsable, quand finalement elle s'était enfuie, les premiers temps François avait été plutôt content d'être débarrassé d'elle, de travailler avec l'esprit libre, de se retrouver seul, le soir, dans le silence de sa chambre. Après plusieurs nuits sans sommeil, il n'aspirait plus qu'à la tranquillité.

Mais il y a maintenant dix jours qu'Ange n'a pas donné signe de vie et elle lui manque. Si occupé qu'il soit, dans la salle ou au bar, il tourne son regard vers la porte chaque fois qu'elle s'ouvre dans l'espoir de la voir apparaître, comme le premier soir, ce jour d'orage où elle avait surgi, trempée de pluie, alors qu'il ne l'attendait pas et où sa joie de la revoir l'avait lui-même surpris. En s'en allant, Ange a laissé un vide plus grand qu'il ne l'aurait imaginé : cette femme difficile lui occupait constamment l'esprit ; après une éclipse de quelques jours, elle vient de s'y réinstaller.

François n'est pas le seul à penser à Ange. Un après-midi, peu après trois heures, alors qu'il se repose comme d'habitude du coup de feu de midi en somnolant derrière de son journal, Aziza pousse la porte du café, avec un sourire qui fait croire un instant à François qu'il est porteur de bonnes nouvelles : Ange veut revenir, n'ose pas se montrer et envoie son ami en ambassade.

Bien qu'il ne l'ait rencontré que deux fois (la première ce dimanche de novembre où Ange l'avait amené pour le lui faire connaître et où ils avaient fait une longue promenade tous les trois au bord de la Seine; puis une autre fois, à l'approche de Noël, un jour qu'il les avaient invités ensemble à dîner juste avant le départ d'Ange pour Clermont), François aime bien Aziza, il apprécie sa discrétion et sa gentillesse.

Après en avoir demandé la permission d'un signe, le garçon s'assied à sa table. Le sourire qu'il avait en arrivant a disparu, ce n'était qu'un sourire de politesse. Contrairement à ce que François espérait, Aziza n'est pas envoyé par Ange. Lui non plus n'a pas de nouvelles d'elle depuis dix jours et, comme il le dit avec ses expressions de femme, il commence à se faire du mauvais sang. Devant l'inquiétude d'Aziza (qui connaît Ange mieux que lui et en tout cas la comprend bien mieux), François se met à s'inquiéter lui aussi. Soudain il envisage le pire : un suicide, le geste irréparable auquel on ne pense jamais et qui, lorsqu'il se produit dans notre entourage, nous laisse comme des imbéciles, stupéfiés devant l'étendue de notre légèreté et de notre indifférence...

– Tu crois qu'elle aurait pu faire une bêtise ? dit-il, employant sans réfléchir cet euphémisme idiot.

– Ça, lui répond vivement Aziza, pour ce qui est de faire des bêtises, on peut lui faire confiance... – Mais devant l'expression bouleversée de François : – Mais non, qu'est-ce que tu vas imaginer, corrige-t-il, tout de même pas.

– Tu l'as vue quand la dernière fois ?

– Lundi de la semaine dernière. Elle est passée en vitesse chercher je ne sais quoi. Elle avait pas l'air gai.

– Elle t'a rien dit ?

– Rien du tout.

– Elle est partie de chez moi le mardi matin. Ça signifie qu'elle n'est même pas repassée par chez toi. Elle est peut-être allée chez sa mère ?

– Non, je ne crois pas, elle en revenait à peine. Elle a dû rentrer à Paris.

– *Rentrer* à Paris ? Mais où ?

– Eh bien, à la Bastille... C'est là que je l'ai connue, dans un bar de la rue de Charonne. C'est son quartier, elle traîne toujours par là-bas... – T'en fais pas trop tout de même, elle reviendra sûrement, elle m'a laissé toutes ses affaires.

– Alors elle est partie comme ça, sans rien emporter, sans argent, les mains dans les poches ?

– C'est tout Ange, ça... C'est bien ce qui m'inquiète : quand ça ne va pas comme elle veut, elle a tendance à... comment dire... à en rajouter, tu vois... Au lieu d'essayer de s'en sortir, c'est la fille à faire systématiquement tout ce qu'il faut pour s'enfoncer encore plus. Un genre d'autodestruction, si tu veux, mais je crois tout de même pas qu'elle irait jusqu'à... – Excuse-moi, reprend-il timidement, mais il s'est passé quelque chose entre vous ? Vous vous êtes disputés ?

– Ce mardi-là, elle avait reçu une lettre idiote d'un éditeur, dit François. Elle l'a mal pris, elle a cru qu'on se moquait d'elle.

– Alors c'est ça, s'écrie Aziza, je m'en doutais ! C'est à cause de cette histoire de travail... Elle me tannait avec ce truc depuis des semaines... Ça l'avait complètement retournée.

Il a l'air si ingénument désapprobateur que François se sent obligé de se justifier :

– Mais c'est elle qui voulait ! S'insérer, avoir une vie normale. Moi aussi, elle me tannait avec ça. J'ai seulement essayé de l'aider.

– Ange, une vie normale ! s'exclame Aziza. – Et qu'est-ce qu'elle en ferait d'une vie normale... elle pourrait jamais supporter ça... Une femme comme elle, va, il vaut mieux la laisser vivre à sa façon.

– C'est une façon qui ne la rend pas heureuse, lui fait remarquer François.

– Mais qui l'est ? répond mélancoliquement Aziza. Ce n'est pas de s'ennuyer toute la journée dans un bureau qui pourra y changer quelque chose. Toutes ces histoires de travail, d'insertion, je ne sais quoi, ce n'est pas pour Ange.

– Mais qu'est-ce qu'elle peut bien foutre à la Bastille ?

Aziza allume une cigarette en silence, le front soucieux.

– Si ça se trouve, elle ne sait pas où manger, où dormir... ? insiste François, alarmé. On ferait peut-être mieux d'aller voir.

– Pour avoir une chance de tomber sur elle, il faudrait y aller la nuit, objecte Aziza. On sait pas dans quel état on la trouverait, ni avec qui... Elle serait bien capable de nous envoyer bouler.

Et après réflexion :

– Attendons encore un peu. Quand elle en aura assez, qu'elle sera fatiguée, elle reviendra toute seule. Elle a été déçue par son machin, là, son mailing... Moi, je crois qu'on la reverra quand elle aura tiré un trait sur tout ça.

Cette année, le printemps est tardif. On est déjà à la mi-avril et pourtant, à part quelques courts entractes de chaleur qui ont fait sortir d'un seul coup des petites pousses vert tendre sur les branches des tilleuls et des bouquets de fleurettes espacés et chétifs au pied du muret qui borde le canal, le temps reste froid. François a quand même commencé à introduire plus souvent des plats de poissons dans ses menus : pour le déjeuner d'aujourd'hui, il a prévu des truites meunières. Le poissonnier vient de lui en livrer quatre douzaines, bien sûr d'élevage, mais de belles bêtes tout de même, à l'œil frais, à la chair dense, au dos noir tacheté de bleu bien luisant, qui attendent dans leurs caisses sur un lit de glace pilée. La moitié ira au congélateur, parce qu'on est au milieu des vacances de Pâques et que les clients sont moins nombreux. Quelques-uns sont partis à la montagne ou dans leur famille, et beaucoup de ceux qui ne partent pas consacrent leur temps libre à leurs enfants pendant les congés scolaires.

Tandis que François, seul dans sa cuisine, prépare le repas de midi, tout au fond de la salle,

Ange et Gilberte tiennent un conciliabule à mi-voix. Il ne sait pas de quoi elles parlent mais ça fait plus d'une demi-heure qu'elles chuchotent.

Comme Aziza l'avait prévu, sa déception digérée, *cuvée*, Ange est revenue. Elle est entrée un soir et s'est mêlée à la clientèle du café sans oser adresser la parole à François ni chercher son regard. Elle était là, simplement présente, prête, s'il préférait l'ignorer, à repartir comme elle était venue. François a trouvé qu'elle avait mauvaise mine, les cheveux ternes, le regard éteint, et elle avait dû perdre quelques kilos : son cou amaigri sortait de sa chemise ouverte. Il l'a servie sans lui manifester plus d'intérêt qu'aux autres (un reste de fierté) et l'a laissée mariner un moment. Mais après quelques minutes, de peur qu'elle ne reparte, susceptible comme il la connaissait, il lui a dit qu'il était content de la voir. Elle ne lui a pas donné d'explications, il ne lui a pas fait de reproches. Et leur vie a repris comme par le passé : une cohabitation des week-ends, d'une nuit en semaine par-ci par-là, sorte de coexistence prudente ; en somme, elle n'était partie que quinze jours.

A midi, les truites meunières, accompagnées, au lieu du vin de Cahors habituel, d'un muscadet honnête obtiennent un vif succès. Après sa mystérieuse conversation avec Gilberte, Ange est restée déjeuner et François – qui essaie de lui faire reprendre du poids et surveille son assiette comme celle d'un enfant – constate avec plaisir en desservant qu'elle a tout mangé, même les pommes vapeurs de l'accompagnement.

– Ça t'a plu ?

– Quoi ?

Il désigne d'un coup d'œil l'assiette vide.

– Ah oui… très bon. Je peux revenir dormir là cette nuit ? lui demande-t-elle en se levant. J'ai à te parler.

– D'accord.

Le soir, son établissement fermé, François la rejoint à l'appartement. Elle est pelotonnée dans le fauteuil, à côté d'un cendrier plein. La pièce disparaît dans un nuage dense où luit le halo orange de l'abat-jour : Ange a fumé toute la soirée en l'attendant.

En le voyant entrer, elle s'arrache à son fauteuil et va ouvrir la fenêtre toute grande.

– Tu remontes de bonne heure, aujourd'hui.

– Y avait plus personne, c'est à cause des vacances.

– Ça tombe bien, j'ai quelque chose à te dire.

– Oui ? dit François en commençant à se déshabiller pour prendre sa douche.

– J'ai trouvé du travail.

– Ah.

– Je vais travailler chez Gilberte, dit-elle, sans paraître emballée plus que ça.

Elle attend sa réaction : étonnement ? objection ?... Mais François n'entend plus se mêler des projets professionnels d'Ange.

– Qu'est-ce que tu vas faire ? demande-t-il d'un ton neutre.

– Tenir son magasin quand elle est dehors. C'est juste un mi-temps. Le matin ou l'après-midi, ça dépendra de ses rendez-vous, des ventes aux enchères, des meubles qu'elle doit aller voir… Ça l'embêtait de fermer quand elle est forcée de s'absenter.

– Elle te paye combien ?

– Un demi-smic. Un peu arrondi.

– Elle va te déclarer ?

– Ben voyons, fait Ange en haussant les épaules.

Elle te déclare pas ?

– Pour me faire perdre mon RMI ? Je vois pas l'intérêt.

– Pour elle aussi, c'est bien, observe François; elle n'aura pas de charges à payer.

– C'est pas mon problème.

– Tu n'auras aucun droit. C'est commode pour un employeur.

– Eh ben et toi alors, comment tu fais avec Paulo ?

Touché, pense François. Mais il réplique :

– Paulo ne vient que cinq ou six heures par semaine. Tu commencerais quand ?

– Lundi. Demain, je vais à Paris. Tu comprends, avant de démarrer dans la brocante, il faut que j'apprenne un peu les styles, les époques... que je me mette un minimum au courant... J'irai me documenter dans une bibliothèque.

– Bien.

– Ça ne t'ennuie pas ?

– Mais non, pourquoi veux-tu, dit François en passant dans la salle de bain.

Aimablement, Ange lui propose :

– Je te prépare un whisky pendant que tu prends ta douche ?

– Bonne idée.

Dix minutes plus tard, enveloppé dans un épais peignoir éponge, un peignoir trop luxueux pour lui acheté un jour de fatigue à cause d'un besoin soudain de confort mais qui lui donne l'air, avec son commencement de bedaine, d'un patron de bar interlope, il réapparaît dans le séjour et se laisse tomber lourdement sur le canapé. Ange lui apporte aussitôt son verre en l'agitant pour en faire tinter joliment les glaçons. Négligeant de s'en préparer un pour elle-même, elle s'assoit tout près de François, ses mains jointes reposant sur ses genoux modestement serrés :

– Je voulais te dire, commence-t-elle d'une voix de petite fille – une voix flûtée très éloignée de son timbre naturel et qu'elle ne prend que quand elle a quelque chose à lui demander –, la Saint-Rémy est déjà loin…

– La Saint-Rémy ? répète François sans comprendre et en étouffant un bâillement.

– C'est le jour de la paye, explique Ange, le jour où on touche le RMI, c'est comme ça que tout le monde l'appelle… – Mais comme François, fatigué par sa journée, à moitié groggy, n'a toujours pas l'air de saisir, elle épelle avec patience : R – M – I : Rémy…

– Ah, fait-il, amusant.

– Alors justement, la Saint-Rémy, c'était il y a deux semaines… – Et d'une voix encore plus flûtée : J'ai plus de sous.

– T'inquiètes pas pour ça, je te donnerai ce qu'il faut.

Le lendemain matin, elle est dans la cuisine à huit heures, prête à sortir. Elle a enfilé son trench par-dessus le pull jacquard de François, celui de ses pulls qu'elle préfère. Elle sort de son bain; ses cheveux encore humides sont retenus par des barrettes (la coiffure des bons jours). Aucun danger qu'elle se fasse refouler à la porte des bibliothèques : elle a tout à fait l'air d'une étudiante, ou d'un prof à la rigueur. Elle porte son sac en bandoulière et tient à la main un cahier à spirale grand format. Ange aime les cahiers (qu'elle prononce « cahiè », avec le e ouvert, comme les écolières); elle a une façon bien à elle de les caresser, de les soupeser, de lisser leurs pages glacées avec sensualité et une sorte de tendresse nostalgique : évidemment, ils lui rappellent un temps où tout était facile pour elle, où sans effort, « sans se fouler », elle occupait tout naturellement les premières places, était admirée et enviée de tous. A l'école, au lycée, qui sont le lieu de la vie sociale des enfants, Ange a probablement vécu les meilleures années de sa vie.

Elle avale son café sans prendre le temps de s'asseoir puis lève un regard explicite sur François, qui ouvre son portefeuille et en tire cent euros.

– J'ai pas besoin de tant que ça, dit-elle en faisant disparaître le billet dans sa poche. – Elle lui pose un baiser sur la joue et, reprenant sa voix frêle de fillette : Alors, à demain.

François comprend qu'Ange ne rentrera pas ce soir, qu'elle a l'intention de passer la nuit à Paris. Un méchant crabe lui pince puissamment l'estomac. La jalousie. L'aliénante, dégradante jalousie, qu'il n'avait plus ressentie depuis très longtemps et dont il se croyait définitivement préservé.

– C'est ça, à demain, dit-il en détournant la tête pour cacher la crispation de ses traits.

Une heure plus tard, Gilberte est devant son premier petit noir.

– T'es au courant ? La petite t'a dit ?

– La petite ? dit François.

– Ange. Elle t'a dit qu'elle allait travailler chez moi ?

– Il me semble qu'elle m'a parlé de ça, oui.

– Qu'est-ce que t'en penses ?

– Rien. Ange fait ce qu'elle veut, c'est plus une petite. – Il s'absorbe dans l'essuyage de ses verres qu'il aligne au fur et à mesure, avec minutie, à égale distance sur leur étagère.

– T'es d'accord, alors ? insiste la brocanteuse. Parce que ça m'aurait embêtée que ça te contrarie.

– J'ai pas à être d'accord, je suis pas son père.

– Remarque, il y a rien de fait, je vais d'abord voir ce que ça donne… Elle m'a dit qu'elle avait déjà travaillé dans la vente, c'est vrai ça ?

– Probable. Si elle le dit.

– Parce qu'on croit que la brocante, c'est pas un métier, on s'imagine que n'importe qui peut le faire… Mais c'est comme tout, hein, ça s'improvise pas, faut apprendre…

– C'est comme tout, répète en écho François en faisant scintiller une chope au bout de son bras.

Depuis le début des vacances, privé d'une partie de ses habitués et du va-et-vient du passage, le Café du Canal a des soirées mélancoliques. Il est tout juste huit heures et François sait déjà qu'il ne viendra plus grand monde. Jean-Pierre, le contremaître de la fabrique, est aux Ménuires avec sa femme et ses deux fils (il a envoyé une carte postale, le massif de la Vanoise au soleil levant, que François a punaisée bien en vue au mur de son bar). Le sachant parti, Yvonne, son ex-amante, reste chez elle à surveiller sa fille, une grande bringue de seize ans qui la dépasse d'une tête et qu'elle a du mal à tenir. Frédérique est passée mais, jugeant les rangs de ses admirateurs trop clairsemés, elle s'en est allée vers des cieux plus propices. Par mesure d'économie et pour que la salle paraisse moins vide, François a éteint les lumières du fond, de sorte que les quelques clients présents sont rassemblés à proximité du comptoir, certains attablés, les autres debout, en un cercle intime, quasi familial.

A côté de la caisse, près de François, Georgette, la locataire du deuxième – l'ex-vendeuse des Galeries –, sirote son petit Vouvray (c'est sa boisson préférée, les bulles lui rappellent le champagne). Quand il la voit arriver de son pas sautillant, en balançant son derrière serré dans une gaine mais rebondi, au lieu de lui servir d'office son habituel petit verre, François ne manque jamais de lui demander ce qu'elle veut boire, pour le seul plaisir de l'entendre répondre de sa voix pointue et avec son accent de parigote : « Un p'tit Vouvray ». Son caniche blanc est couché près d'elle, résigné à l'attendre, le museau entre ses pattes.

Quand elle en a bu trois ou quatre, des « p'tits Vouvray », ce qui ne se produit pas tous les soirs, mais seulement les jours de cafard, elle commence à parler à la cantonade. Si la musique de la radio s'y prête, sa cigarette allumée à la main, elle va même jusqu'à esquisser sur place, en chantonnant, un petit pas de danse. On devine alors qu'elle vient de faire un grand saut dans le temps, un saut d'au moins trente années en arrière.

Bien qu'elle n'ait pas loin de soixante-dix ans, Georgette est encore très coquette. Elle porte en général des talons mi-hauts avec des bas roses ou transparents, des jupes trop étroites qui la boudinent à la taille et font ressortir son ventre grassouillet, des petits chemisiers frais à nœuds-nœuds. Elle entretient la teinture blond doré de ses cheveux en se rendant chez le coiffeur une fois par mois mais fait elle-même ses mises en plis.

Comme elle habite dans l'immeuble et peut accéder au café par la cour, François la voit parfois débarquer le matin en bigoudis, dissimulés sous un foulard de soie noué en turban.

Adèle est assise à côté d'Alain, son étudiant en médecine. Elle est pâlotte et la lumière du plafonnier qui tombe droit sur leur table en accusant les reliefs souligne le cerne de ses yeux : en ce moment, elle fait des journées de dix heures. Pour les boulangers, les pâtissiers, les confiseurs, le monde tourne à l'envers : les périodes de fête, chez eux, c'est le plein boum, le temps des heures supplémentaires. En guise de vacances, Adèle passe donc ses journées à emballer des œufs de Pâques, des poissons enrubannés, des poules pleines de friture et de petits œufs à la liqueur, et à les disposer d'une manière attrayante à l'étalage. En arrivant tout à l'heure, elle sentait le chocolat.

Avec une expression extasiée et niaise de femme amoureuse, inattendue sur son visage enfantin, elle couve des yeux son jeune amant, ses cheveux bruns très drus, ses épaules solides moulées dans un pull de laine beige, le blouson de cuir accroché à sa chaise, son sac de livres abandonné sur la table, son casque luisant près de ses gants de moto – ce casque et ces gants qui ont la chance de l'accompagner partout et dont la seule vue lui fait battre le cœur.

Arborant un air vacant et fat, Alain lit *L'Equipe* sans s'occuper d'elle. Pendant les vacances universitaires, il s'ennuie : les plus jolies filles de la fac sont aux sports d'hiver et la plupart de ses copains dans leurs familles. Lui, il n'a pas les moyens de partir et la dernière chose dont il a envie est de rendre visite à ses parents, deux crétins que son ambition de devenir médecin défrise et qui ne ratent pas une occasion de se moquer de ce qu'ils appellent (même à présent qu'il ne lui reste plus que deux ans d'études et qu'il a presque atteint son objectif), ses « prétentions ».

Après son bac, puisqu'il refusait d'intégrer un IUT quelconque, ses parents ont laissé Alain se débrouiller seul. Depuis sa première année, il paye donc lui-même ses études grâce à un emploi de masseur dans une clinique de la Porte d'Orléans. Bien que la directrice de la clinique se montre compréhensive et le laisse de temps en temps étudier et dormir dans une chambre libre, de sorte qu'il se trouve sur place le lendemain sans avoir la fatigue du trajet, plusieurs années de ce régime, c'est épuisant, et il passe parfois dans ses yeux un éclair de détresse rancunière.

A deux pas de leur table, debout au zinc avec son collègue, Olivier, le dessinateur, observe l'humilité patiente de la boulangère et l'arrogance de son rival en rongeant son frein. Il lui casserait bien la gueule à ce petit salopard. Même en ayant le dessous, issue plus que probable à en juger par la carrure de l'adversaire, qui n'est pas très grand mais râblé et de dix ans plus jeune, il sent que ça lui ferait du bien. Pour l'instant, il ne peut que l'examiner avec une envie haineuse. Alain a vingt-quatre ans, il est beau, et il sera bientôt médecin, profession encore relativement prestigieuse. Pire que tout, il plaît aux femmes, ce qui n'a jamais été le cas d'Olivier, malgré ses efforts vestimentaires et l'air viril qu'il adopte pour se faire bien voir (les femmes, qui ont du nez pour ces choses, doivent sentir que c'est du bidon, qu'elles ont en réalité affaire à un type émotif).

A peu près désœuvré, appuyé d'une fesse sur le haut tabouret placé devant sa caisse, ce qui lui permet de reposer ses jambes sans s'asseoir tout à fait, François se demande où Ange peut bien être à cet instant même. Il est huit heures et demie et les bibliothèques sont depuis longtemps fermées. Ses recherches achevées, elle a dû aller faire un tour à la Bastille, son ancien quartier, dans quelque bar branché autrement animé et amusant qu'un bistrot de banlieue... Elle y a sûrement retrouvé quelqu'un, un jeune gars avec qui elle va passer la nuit. Et peut-être les nuits suivantes, qu'est-ce qui l'en empêche ? Ce n'est pas la perspective d'un petit boulot chez Gilberte qui la retiendra... Elle a bien dit « à demain » de sa voix innocente, mais qu'est-ce que ça prouve, qu'est-ce qui dit qu'Ange va revenir demain, elle peut aussi bien disparaître pendant plusieurs jours comme elle sait si bien le faire...

— Eh ben, t'en fais une tête, s'exclame le marchand du kiosque à journaux, l'un des rares clients réguliers de François qui font le chemin jusque chez lui depuis la rue principale. Quelque chose ne va pas ?

— Ça va, ça va..., dit François en s'arrachant un sourire contraint.

— Tiens, remets-moi donc un Ricard. Et puis sers-toi quelque chose, je te paye un coup. Qu'est-ce que tu bois ?

Au lieu de se verser un petit fond de verre, comme il le fait d'habitude à l'imitation de la plupart des patrons de bistrot quand ils sont obligés de trinquer, François se sert un vrai Ricard, un Ricard bien tassé de client et en boit la moitié d'un trait.

— C'est calme, ce soir, remarque le kiosquier, ça manque un peu d'animation ici. Pourquoi t'installes pas une télé ?

– Bah, dit François, la télé tout le monde l'a chez soi… Les gens vont pas au café pour voir la télé.

– Attends, il y a tout de même le sport, le football… Les mecs aiment bien être ensemble pour regarder un match de foot.

François y a déjà pensé. Le football, le rugby, les étapes du Tour… Évidemment, ça lui ferait un apport supplémentaire de clientèle plusieurs fois par an. Mais d'un autre côté, quel tintouin ! Les discussions à n'en plus finir, le ton qui monte, les invectives, des fois il arrive que ça dégénère en bagarre… Si lui-même s'y intéressait, encore, mais non, ça ne l'a jamais passionné ces sports qu'on pratique le cul sur une chaise… Et puis, pas de télé, pas de baby-foot, pas de flippers, ça fait bistrot de vieux et ça éloigne la jeunesse agitée du coin.

– Je verrai, dit François. Et à part ça quoi de neuf ?

Ça fait aussi partie du métier de tailler une bavette avec les clients qui s'ennuient, qui ont envie de parler. Et pas besoin de se casser la tête pour trouver des sujets de conversation, ils sont montés en boucle : le sport, les bagnoles, les caillassages et les incendies dans les *quartiers* des banlieues voisines, les élections, les pédophiles… Ou alors les acteurs, les chanteurs (Johnny, Jamel, Madonna…) dont les gens parlent avec une familiarité affectueuse, en les appelant par leur prénom comme des espèces de cousins turbulents.

– Tiens, voilà Cléopâtre ! s'écrie Georgette, qui en est à son troisième Vouvray.

Une joie douloureuse étreint le cœur de François. Ange vient d'entrer et se dirige vers lui d'un pas tranquille. Troublé, il s'entend dire maladroitement :

– Je t'attendais pas ce soir.

– Je suis juste venue faire un tour.

Déjà elle regarde ailleurs, ne montre plus que son profil, à sa façon inimitable d'être là sans y être, de décourager les questions, de s'épargner les explications.

– Tu as passé une bonne journée ?

– Ça va. J'ai étudié des bouquins à la bibliothèque Malraux puis je me suis baladée au Luxembourg (elle doit dire vrai : elle a le teint vif de quelqu'un qui a passé plusieurs heures dehors). Je suis passée chez Gibert aussi, regarde ce que j'ai trouvé – d'occasion, précise-t-elle en sortant de sa pochette un épais volume cartonné : *Le Mobilier Français, une histoire des styles.*

– Montrez voir, demande le kiosquier.

– Tu veux une bière ? propose François pendant que le kiosquier feuillette l'ouvrage.

– Non, je reste pas. Je vais manger avec Aziza, il a préparé quelque chose.

– On se voit demain alors ? S'il fait beau, on pourra aller déjeuner quelque part.

– Si tu veux.

– On cherchera une jolie terrasse au bord de l'eau…

Elle acquiesce en silence. En fait, elle n'avait rien de spécial à lui dire, elle n'est venue que pour le rassurer, lui faire voir qu'elle rentrait chez elle ; ce matin en partant elle avait dû le sentir inquiet.

Elle patiente encore un moment, puis lorgne vers son gros livre.

– Je dois y aller, maintenant.

– C'est beau, dit le kiosquier en le lui rendant, mais c'est pour les bourgeois ces trucs-là, à quoi ça peut bien vous servir...

Sans daigner lui répondre, Ange remet l'ouvrage dans sa pochette :

– Alors, dit-elle, à demain.

– A demain, dors bien, dit François.

L'instant d'après, Alain replie son journal, se lève et fait un signe impérieux du menton à Adèle qui se lève à son tour et le suit docilement. Dur moment pour le dessinateur. Tant que la jeune fille était là, tout près, qu'il respirait le même air qu'elle, il pouvait encore s'imaginer l'avoir un peu à lui, espérer croiser son regard, lui rappeler qu'il existait, qu'il était là pour elle, mais son départ le rejette brutalement dans la nuit glacée de l'amour non partagé. Les épiant à travers la vitre, il voit l'étudiant libérer sa moto de sa béquille, l'enfourcher, la faire vrombir, puis Adèle grimper sur le porte-bagages et se coller contre le dos du garçon qui démarre en trombe.

Ce n'est pas la première fois qu'il assiste, impuissant, à ce douloureux spectacle, mais cette fois-ci on dirait que la coupe est pleine, c'est plus que le pauvre dessinateur n'en peut supporter. Saisi d'une espèce de danse de Saint-Guy, il bat des bras comme si l'air lui manquait, amorce un tour involontaire sur lui-même, trébuche et renverse son verre.

– Calmos, lui enjoint son copain Edouard. Tu vas quand même pas péter les plombs pour une gamine. – Excuse-nous, dit-il à l'intention de François.

– C'est rien, c'est pas grave, dit François, magnanime, en réparant prestement les dégâts.

– Ttt... t'as vu comment elle le regardait ? suffoque Olivier, encore vacillant, agrippé au comptoir. – Et... et lui qu'avait l'air de s'en foutre... ce... ss...salaud... qui profite d'elle... – A deux reprises, il ouvre et referme la bouche comme un goujon, et parvient finalement à éructer : ... pe... tit maquereau... casser la gueule...

– Reprends-toi, mon vieux, dit Edouard consterné à la vue de ce délitement et tâchant de ramener son ami à la raison. – A quoi ça t'avance de te mettre dans des états pareils. C'est pas ça qui va arranger tes affaires.

Autour d'eux, les conversations se sont tues pour faire place à un silence attentif.

– Che... je vais le tuer, ce salaud... Un jour, che... je le tuerai... che le tuerai..., renchérit Olivier, en agitant ses coudes dans le style « Retenez-moi ».

– C'est ça, bonne idée, fait Edouard. Et après on te mettra en cabane. Il se force à rire, histoire de calmer le jeu : Compte pas sur moi pour t'apporter des oranges à la Santé pendant vingt ans !

– Oh, il prendrait pas tant que ça, intervient quelqu'un, peut-être avec un trouble espoir.

– Pour les crimes passionnels, confirme un autre, ils sont pas trop sévères.

– Et si on se tient bien, on en fait que la moitié...

– C'est vrai ça, confirme Georgette d'un air de s'y connaître, ça arrive tous les jours des crimes comme ça. L'amour des fois ça nous fait faire des choses, des choses qu'on n'aurait jamais crues possibles...

Heureusement, au lieu de mettre de l'huile sur le feu, ces réflexions en forme d'encouragements ont sur l'assassin en puissance un effet apaisant : il s'est senti compris, donc moins seul. Recouvrant une élocution normale, il répète sur sa lancée, mais avec moins de conviction :

– Je vais le tuer, ce type, ça peut plus durer... J'en peux plus, moi... Faudra bien que ça finisse un jour.

– Allons, allons, dit François en continuant machinalement d'éponger son zinc, à quoi ça servirait, hein, à quoi ça servirait... – et comme la victime désignée se trouve pour le moment hors de portée, compatissant, il remplit à nouveau son verre.

6

En fait de magasin, Gilberte ne possède qu'un hangar où sont entreposées ses marchandises, dans la cour d'une maison qui fait face au canal, à cinquante mètres de chez François. Comme l'entrepôt n'est pas visible de la rue, elle a cloué sur un battant du portail un panneau de bois clair portant le mot « **Brocante** », gravé en grosses lettres brunes genre gothique et souligné d'une flèche, et le laisse ouvert quand elle est présente. La rue étant peu passante, surtout l'hiver, Gilberte attire ses clients au moyen d'annonces qu'elle fait paraître régulièrement dans la presse locale et grâce au bouche-à-oreille. Ce sont en majorité des couples aisés qui ont acheté une résidence secondaire dans les environs et occupent leurs loisirs à la remplir de meubles et d'objets plus ou moins anciens, plus ou moins rustiques. Mais c'est avant tout le commerce avec les antiquaires et les autres brocanteurs qui la fait vivre, tout le business que les professionnels font entre eux et pour lequel, à longueur d'année, elle court les enchères, les marchés aux puces et les vide-greniers.

L'entrepôt est mal rangé, Gilberte n'a pas le temps de s'en occuper. Même si ce bric-à-brac n'est pas forcément mauvais pour la vente parce qu'il donne aux acheteurs assez courageux pour s'y aventurer l'impression de dénicher de bonnes affaires, il devient urgent d'y remettre un peu d'ordre. Et on est au milieu du printemps : pour les brocanteurs, le commencement de la pleine saison et le moment où Gilberte est le plus souvent obligée de s'absenter. Bref, un peu d'aide n'était pas du luxe.

Ange en est à son quatrième jour au magasin et elle s'ennuie ferme. Il est heureux qu'elle ne fasse qu'un mi-temps, une journée entière elle ne tiendrait pas. Depuis le début de la semaine, elle n'a eu que cinq ou six visiteurs, dont une bonne femme à la voix perçante qui semblait prendre un malin plaisir, en les désignant de loin d'un index impérieux, à lui faire exhumer des objets enfouis dans des recoins inaccessibles, une épouvantable bêcheuse qu'elle a fini par envoyer promener. Et personne n'a acheté. Même le téléphone est resté muet : vendeurs ou acheteurs, les gens qui sont en affaire avec Gilberte l'appellent sur son portable.

Au début de l'après-midi, répugnant à pénétrer dans l'entrepôt poussiéreux et malsain, Ange s'est d'abord tenue sur le seuil, les volets de la façade complètement repliés, exposée au soleil dont les rayons presque verticaux léchaient tout juste l'entrée. Puis, le soleil commençant à descendre, elle a traîné un fauteuil Voltaire jusqu'au milieu encore ensoleillé de la cour, placé un guéridon Napoléon III à portée de sa main, et il y a une petite heure qu'elle est là, avec ses cigarettes et son livre des styles, situation somme toute supportable : par ce beau temps, elle n'aurait rien fait d'autre si elle s'était trouvée chez elle et eût disposé d'une terrasse.

– Mais qu'est-ce que tu fous ? hurle soudain Gilberte, surgissant, rouge et échevelée, dans l'embrasure du portail.

– J'attends les clients, répond Ange. Enfin je garde ton magasin parce que, les clients, on peut pas dire qu'ils se bousculent.

– Et c'est tout ce que tu trouves à faire en attendant ? hurle de plus belle la brocanteuse en traversant la cour d'un pas furieux. Elle pile sur le seuil du hangar : – Non mais regarde-moi ce bordel qu'il y a là-dedans ! Je t'avais demandé de ranger un peu. T'as même pas passé un coup de balai !

Avant qu'Ange ne travaille pour elle, Gilberte recherchait sa compagnie, lui offrait des demis et semblait prendre plaisir à lui parler longuement et affectueusement. Elle faisait partie de ces gens sur lesquels, sans avoir jamais bien compris pourquoi ni levé le petit doigt pour ça, Ange a conscience d'exercer une espèce de fascination. En acceptant sa proposition, elle pensait donc avoir assez d'ascendant sur la vieille brocanteuse pour faire à peu près ce qu'elle voudrait chez elle. Entre Gilberte et François, elle se voyait déjà occuper une position tactique et confortable où, ses revenus sensiblement augmentés (naturellement, sans renoncer à son RMI), elle aurait profité de la protection des deux sans dépendre de l'un ou de l'autre. Mais depuis qu'elle est son employée, comme si la délicatesse des sentiments, le jeu subtil de la séduction étaient un luxe incompatible avec les dures réalités du petit commerce, Ange est bien obligée de constater que son charme a cessé d'opérer. Du jour au lendemain, Gilberte a radicalement changé d'attitude et elles ont déjà eu plusieurs accrochages.

– J'ignorais, réplique Ange, d'un ton maîtrisé qui tranche avec le comportement furibond de sa patronne, que j'étais engagée comme femme de ménage.

– Dans la brocante, faut être polyvalent ! On doit savoir tout faire : ranger, nettoyer, démonter, réparer, rénover… Tout.

– Je peux même pas le soulever, ton bric-à-brac… C'est trop lourd.

– J'y arrive bien, moi, dit la vieille.

Ange contemple avec affection ses longues mains blanches :

– Ça va m'abîmer les mains…

– T'as qu'à mettre des gants. Je te paye pas pour te prélasser au soleil !

– Je me prélasse pas, je travaille pour toi. J'étudie les styles. C'est dans ton intérêt.

– Les styles ! Qu'est-ce que tu veux que ça me foute, les styles ! Il me faut quelqu'un qui bosse, moi. J'ai pas besoin d'une feignante qui passe ses journées vautrée dans un fauteuil !

En plus elle est vulgaire, elle s'adresse à son employée comme une palefrenière…

– Tu pourrais être polie, dit Ange, toujours maîtresse d'elle-même, pas la peine de m'aboyer après.

– T'as rien foutu depuis quatre jours que t'es là ! C'est un monde ça quand même !

– C'est pas ma faute si t'as pas de clients. Je peux pas les faire venir de force.

– Tu pourrais au moins t'occuper, nettoyer, faire un peu de rangement… Au lieu de passer tes journées à lire des trucs dont tout le monde se fout !

– Et qu'est-ce que je ferais, rétorque Ange, qui a déjà appris quelques petites choses, qu'est-ce que je ferais si un client me demandait une commode Louis XVI et si je savais pas la reconnaître, hein ?

– Tu lui montrerais la commode que t'as ! De toute façon, ils y connaissent rien... presque tous, ils y connaissent rien !

– Bonjour la rigueur, dit Ange.

– V'là qu'elle va m'apprendre mon métier maintenant ! s'exclame Gilberte. Bon, ça suffit, y en a marre... Dépêche-toi de débarrasser la cour de ce bazar et viens m'aider à balayer.

A deux doigts de ramasser son livre et de quitter les lieux en plantant là la brocanteuse, Ange se ravise. De mauvaise grâce, elle traîne le fauteuil et le guéridon en sens inverse jusqu'au fond de l'entrepôt et revient vers Gilberte qui lui tend un balai. Elles travaillent un instant en silence. Puis Ange émet quelques petits raclements de gorge, quelques toussotements ostensibles.

– Qu'est-ce qu'il y a comme poussière, ici...

– C'est ce que je te dis, ça a besoin d'être nettoyé. Et moi je peux pas être partout, je peux pas être au four et au moulin. Il me faut quelqu'un qui s'occupe du magasin, c'est justement pour ça que t'es là.

– A propos..., dit Ange en accompagnant son entrée en matière de quelques coups de balai énergiques.

– Quoi ?

– J'aurais besoin d'une petite avance.

– Samedi, dit Gilberte, tu seras payée samedi. T'as même pas fait une semaine !

– Ah bon, fait Ange, parce qu'il faut aussi que je vienne le samedi !

« La broc (la semaine dernière, c'était « Gilberte » prononcé avec amitié), la broc essaie de m'avoir... », se plaint-elle le soir même à François. Il vient de fermer. La croyant endormie, après le raffut d'en bas dont il sort certains jours hébété, il pensait prendre sa douche et boire tranquillement son whisky avant de se coucher, en se laissant pénétrer peu à peu par le silence de la nuit. Mais Ange l'attendait ; de la chambre, elle l'a entendu rentrer, s'est relevée et l'a rejoint dans le séjour. « ...Figure-toi qu'elle veut aussi me faire travailler le samedi !... On avait dit à mi-temps... Six demi-journées, excuse-moi, mais ça fait plus qu'un mi-temps... ». Pieds nus, les cheveux hérissés, elle fait les cent pas devant lui en pyjama : « Sur la base de quarante heures (et tu remarqueras que je tiens même pas compte des trente-cinq heures), poursuit-elle avec l'âpreté pointilleuse d'une déléguée syndicale défendant les heures sup de trois cents ouvrières harassées, ça fait cent cinquante euros divisés par vingt, résultat : sept euros cinquante, cinquante francs de l'heure... tandis que divisés par vingt-quatre, ça fait environ quarante balles... Moins qu'une femme de ménage ! »

François a compris. Ange veut laisser tomber son boulot chez Gilberte, mais avec le beau rôle, celui de l'honnête travailleuse trompée par un employeur sans scrupules. Avec une mauvaise foi stupéfiante (dont il n'est même pas certain qu'elle soit consciente tant elle se coule avec facilité dans son personnage de victime), oubliant qu'elles s'étaient mises d'accord au préalable sur ce point, que c'était même la condition pour qu'Ange accepte ces quelques heures de travail puisqu'elle tenait à conserver son allocation, elle poursuit : "Et je suis même pas déclarée ! Elle paye même pas ses charges sociales, tu te rends compte !".

François en a assez entendu. Il n'aime pas le nouveau visage de son amie, ses petits arrangements opportunistes avec la vérité, ni sa façon de le cueillir sa journée finie, à presque minuit, sans se préoccuper de sa fatigue. Il n'aime pas voir sa réserve habituelle, un peu méprisante mais si élégante, s'abîmer dans des calculs minuscules et absurdes...

Ange parle toujours, volubile, accélérant ses allées et venues, s'excitant toute seule : "Et puis tu sais ce qu'elle m'a dit ?...".

Mais il a déjà disparu dans la salle de bain.

– Tu sais pas ce qu'elle m'a sorti ? s'exclame Gilberte le lendemain matin (et là pas moyen de s'échapper, François est coincé derrière son bar)... qu'elle apprenait les styles dans mon intérêt ! Tel que. Comme si je vendais du mobilier d'époque !... Elle s'installe un salon dans *ma* cour avec *mes* meubles, elle passe l'après-midi à feignasser au soleil, et c'est dans mon intérêt ! Non je te jure... un culot pareil ! Et ce matin, je l'attendais... personne... elle me laisse tomber sans prévenir... Ça fait plus d'une heure que je poireaute, il a fallu que je décommande un rendez-vous au dernier moment !... Alors qu'est-ce que je peux faire, moi, hein, qu'est-ce que je peux faire ?... Qu'est-ce que tu ferais à ma place ?

Il y a vingt minutes que Gilberte lui tient la jambe avec cette histoire, sans savoir qu'au premier étage, à quelques mètres de son magasin – exquise vengeance –, Ange est en train de faire la grasse matinée... Mais qu'est-ce qu'il y peut, lui, qu'est-ce qu'il a à voir dans tout ça ? Et qu'est-ce qu'elles ont toutes les deux à le prendre à témoin, à se justifier devant lui à propos d'une affaire qui ne le regarde pas et dont il s'est bien gardé de se mêler sachant d'avance comment elle finirait.

– Ben oui... Eh ben, qu'est-ce que tu veux, qu'est-ce que tu veux, soupire-t-il en allumant la radio.

Ange a voulu un téléphone portable. Depuis qu'elle a renoncé à la brocante, elle se rend à Paris trois fois par semaine pour, à ce qu'elle prétend, y chercher du travail, mais cette fois – foin des curriculum vitae, des mailings et du copinage – avec sa méthode personnelle.

Celle-ci consiste à se présenter spontanément dans les galeries de peinture de bonne apparence et à s'y proposer comme assistante. Elle fait état de prétendues études dans un institut d'art américain, d'une expérience de la vente chez un antiquaire (ses quatre demi-journées de farniente chez Gilberte) et de sa connaissance de l'anglais. François a déjà eu l'occasion de constater qu'Ange est capable de mentir avec aplomb, et même avec innocence. Qu'on la croie ou non, (à part un couple de marchands mal lunés qui, après l'avoir prise pour une cliente, l'ont grossièrement mise à la porte), en général elle n'est pas mal reçue, surtout quand elle tombe sur un homme. Son allure, sa beauté étrange et son très chic ensemble italien qu'elle porte sans imper depuis qu'il a commencé à faire beau, font d'emblée bonne impression. On lui demande de laisser son adresse, et aussi son numéro de portable. La première fois, dans l'impossibilité d'en fournir un, elle s'est sentie vraiment bête, a-t-elle rapporté le lendemain à François, elle ne savait positivement pas où se mettre : dans une galerie d'avant-garde, faire preuve d'un tel retard sur la modernité ! Les gens ont tiqué, ça ne cadrait pas avec le reste... Comment peut-on aujourd'hui postuler pour un emploi sans portable ? On n'est même pas crédible.

François admire. Connaissant son orgueil, pousser les portes, « tirer les sonnettes », doit lui demander un énorme effort. Il a donc offert le portable, un objet assez coûteux – un joli boîtier d'émail bleu serti de garnitures argentées – propre à donner une image flatteuse de sa propriétaire ; bien entendu, c'est lui qui paiera l'abonnement.

Ange téléphone peu (d'une manière générale, quel que soit le moyen elle répugne à se manifester la première) et, à part Aziza et François qui l'appellent pour lui faire plaisir, personne jusqu'ici ne lui a encore téléphoné. Elle n'en paraît pas moins très attachée à cet appareil, qu'elle sort de son sac et pose à côté d'elle sur la table à tout bout de champ, ou qu'elle s'amuse à retourner entre ses mains en le faisant miroiter comme un poudrier. Un jour qu'il la regardait faire, François s'est risqué à la taquiner :

– Ce truc sert à téléphoner, ce n'est pas un accessoire de mode...

– Tu comprends pas, lui a-t-elle renvoyé sèchement, ce truc, comme tu dis, représente mon adresse, une adresse vraiment à moi. Avec ça, on peut me joindre directement, moi et personne d'autre, ça me tient lieu de domicile... Au moins, j'ai un domicile mobile, si j'ai pas de domicile fixe. (Ange ne rate pas une occasion de reprocher à François de ne pas l'avoir installée chez lui, de ne s'être pas encore décidé à lui faire partager sa vie.)

A sa grande surprise, qu'il se défend de montrer, Ange le rejoint un soir en lui annonçant qu'elle a trouvé une situation (il n'est plus question d'un boulot ou d'un job, mais d'une « situation »). Elle était en pourparlers depuis le début de la semaine mais ne voulait rien dire avant que cela soit sûr. A l'appui de ses paroles, elle met dans les mains de François une lettre d'engagement en bonne et due forme à l'en-tête d'un marchand d'art connu du boulevard Saint-Germain. Elle a le triomphe modeste, la lettre parle d'elle-même.

– Eh bien, bravo ! commente simplement François. Comment as-tu fait ?

– Ça s'est fait tout seul, dit Ange.

Un après-midi qu'elle prospectait dans la partie basse de la rue de Charonne, près de la Bastille, un quartier de galeries qui exposent de jeunes artistes contemporains, elle en avise une, au coin de l'avenue Philippe-Auguste, ensoleillée et spacieuse. A l'intérieur, il n'y a qu'un jeune homme, guère intimidant, assis à un petit bureau. Elle entre et lui sert son discours, désormais bien rodé. Après l'avoir écoutée, le jeune homme la prie d'attendre un instant, monte la volée de marches qui conduit à la mezzanine et redescend suivi du propriétaire de la galerie, un monsieur distingué d'environ soixante ans. Ange recommence son speech, tandis que l'homme l'observe avec attention. (« *Il avait une drôle de façon de me regarder*, précise-t-elle, *il penchait la tête et clignait des yeux, exactement comme s'il examinait un tableau... »*). Finalement, il lui donne rendez-vous pour le lendemain à midi dans une autre galerie qu'il possède boulevard Saint-Germain. Le lendemain, à l'heure dite, Ange se présente. Le galeriste l'interroge un moment dans son bureau puis l'emmène continuer leur conversation au restaurant (*« Un endroit très chic, il s'est pas fichu de moi... »*). Le déjeuner fini, elle s'en va en lui laissant son numéro de portable. Le surlendemain, il la rappelle, la convoque à nouveau. Après avoir un peu parlé des conditions, il fait préparer sa lettre d'engagement... Et voilà.

– Il m'a même pas demandé mes diplômes, s'étonne encore Ange. J'ai même pas fait un test...

– Le test, c'était le déjeuner, dit François.

– C'est ce que j'ai pensé. Il a voulu voir comment je m'exprimais, si je savais me tenir dans un endroit élégant. Si j'étais sortable, quoi. On a parlé anglais la moitié du temps. De New-York, des musées américains. Heureusement, je connaissais le Moma, le Guggenheim, le Metropolitan ; en arrivant là-bas, c'est ce que j'avais fait en premier, visiter les musées...

– Ça a l'air tout à fait officiel, dit François. Cette fois, tu vas être déclarée.

– C'est un CDI. Dix mille francs par mois pour commencer, mille cinq cents euros. C'est pour sa galerie de la rive gauche. Il était en panne d'assistante parce que la sienne vient de se marier et va vivre en province. Et la remplaçante qu'elle avait commencé à former avant de partir n'a pas fait l'affaire. Je suis arrivée pile au bon moment. La chance.

Bizarrement, Ange qui n'en a pas eu beaucoup jusqu'à présent croit dur comme fer à la chance.

Elle l'évoque avec sérieux, presque avec révérence. La chance, merveilleuse et injuste, pure et tranchante, qui sans qu'on l'ait mérité vous extrait du commun, vous « sort du lot », fait de vous un être à part, *choisi*...

François a une explication plus simple :

– Tu lui as plu.

– Lui aussi, il m'a plu, dit Ange. Et tu verrais la galerie ! Super classe, dans le genre ancien parce qu'il est spécialisé dans la peinture française du XIXe siècle. Ça tombe bien, c'est celle que je connais le mieux.

– Comme tout le monde.

– La galerie de la Bastille, il l'a ouverte pour son neveu, ou son petit-neveu, je sais plus, c'est le garçon que j'ai vu en premier... Ça lui permet d'avoir un pied dans l'art contemporain.

– Si tu bosses à Paris, tu vas être obligée de te lever de bonne heure, observe François.

– Pas trop. La galerie ouvre à dix heures trente. Les horaires, c'est dix heures trente/treize heures, quatorze heures/dix-neuf heures trente. Du mardi au samedi. D'ici au Châtelet, j'en ai pour cinquante minutes, il y a un RER direct. Après, je prends un bus ou le métro. Trois stations. C'est pas le bout du monde. Et je pourrai lire dans le train parce que j'y serai pas aux heures d'affluence.

– Tu commences quand ?

– Tout de suite. Mardi. Ça me laisse trois jours pour me préparer.

– Tu peux dormir ici lundi soir, si tu veux. Je te conduirai à la gare le matin. Je te prendrai une carte orange.

– Merci, mais ça sera pas la peine. Lundi, je dormirai chez Aziza, je préfère me coucher de bonne heure. Le premier jour, il faut que je sois bien reposée, tu comprends.

A présent, Ange est ailleurs ; elle n'a pas fait signe à François de toute la semaine. Comme d'habitude, ils ont passé le dernier week-end ensemble. Le lundi matin, François lui a donné de l'argent pour ses repas et ses transports, l'a embrassée tendrement en lui souhaitant bon courage, et elle est rentrée chez elle se préparer pour le lendemain. Mais depuis, bien que pour se rendre à la gare ou en revenir elle passe nécessairement par la rue principale, à cent mètres de chez François, pas la moindre petite visite, pas un seul appel de son joli téléphone mobile. Tant de brutale indifférence, c'est presque incroyable.

Le vendredi soir, supposant qu'Ange a fini son travail et qu'elle est sur le chemin du retour, après avoir vainement attendu un signe d'elle toute la journée, il se décide à l'appeler.

– Oui ? s'entend-il répondre d'une voix professionnelle et froide.

– C'est moi, dit-il, c'est François...

Sur un fond sonore qui évoque davantage le joyeux brouhaha d'un café animé que la rumeur du métro ou d'une gare, Ange répète sur le même ton :

– Oui ?

François a l'impression de mal tomber.

– Je te dérange pas ? lui demande-t-il, s'excusant presque.

– Non.

– Où tu es, là ?

– A Saint-Germain, avec des amis. Qu'est-ce que tu veux ?

– Mais… te dire bonsoir, savoir comment tu vas. Ton travail se passe bien ?

– Ça va, dit Ange, persévérant dans son laconisme.

S'ensuit un silence, un de ces terribles silences téléphoniques, bien plus douloureux que celui de deux personnes face à face, qui peuvent au moins communiquer par le regard.

– C'est intéressant ? dit enfin François pour dire quelque chose.

– Quoi ?

– Ce que tu fais, la galerie…

– Ça va.

– Qu'est-ce que tu as, ma chérie ? Quelque chose t'a fâchée ?

– Mais non, répond Ange d'un air ennuyé. Rien de spécial.

– J'avais l'impression… tu semblais contrariée…– Puis pour mettre fin à une conversation qui devient humiliante, du ton le plus dégagé qu'il peut : On se voit ce week-end ?

– Si tu veux.

– Je t'attends demain soir ?

– Peut-être. J'essaierai de passer.

Toujours ce ton fuyant, ces réponses vagues dont elle a la spécialité, réponses légèrement décalées par rapport aux questions, terriblement déstabilisantes pour l'interlocuteur.

– Si tu n'es pas libre, autant prévenir tout de suite, dit François recouvrant un peu de dignité. Inutile de me faire attendre pour rien.

– Mais non. Je viens de te dire que je passerai.

Le lendemain, samedi, il fait un temps extraordinaire. De bonne heure, le soleil s'est mis à briller et à chauffer, apparemment bien décidé à s'installer, un peu comme le soleil de Provence quand on sait dès le matin en ouvrant les volets qu'il tapera sans discontinuer jusqu'à l'instant où il aura complètement disparu derrière l'horizon et où on pourra enfin respirer. François a installé ses tables et ses parasols sur le terre-plein et, toute la journée, les promeneurs s'y sont arrêtés pour se rafraîchir et se reposer en regardant le trafic du canal. Il était content de voir que les habitants des autres quartiers prenaient l'habitude de s'arrêter chez lui. Le soir, il a allumé ses lampadaires et, bien que l'heure du dîner soit largement dépassée, il y a encore pas mal de monde dehors, en train de bavarder et de boire des bières fraîches dans une lourdeur annonciatrice d'orage. Un avant-goût de soir d'été. Il est vrai qu'on est à la fin du mois de mai et que l'été sera bientôt là.

François est occupé à faire des glaçons derrière son comptoir quand il entend des sifflets admiratifs à la terrasse, aussitôt relayés par les exclamations des clients du bar. Ange vient d'arriver, en jean, dans une éclatante chemise blanche et juchée sur des sandales à plate-forme qui la grandissent de douze centimètres. Elle a mis du bleu sur ses paupières et ses cheveux ramenés en arrière découvrent des boucles d'oreille ornées de lapis-lazuli ou de pierres ressemblantes. François est ému chaque fois qu'il la voit coiffée ainsi, le visage dégagé, parce que cette façon de s'arranger signifie qu'elle va bien, qu'elle se présente au monde avec confiance, tandis que dans le cas contraire elle se cache derrière ses cheveux comme pour se mettre à l'abri des coups. Sur ses traits flotte une esquisse de sourire, due sans doute à la satisfaction féminine que lui procure la bruyante admiration qu'elle suscite. De sa démarche imperceptiblement claudicante, elle traverse la salle pour aller embrasser François, tandis qu'à l'autre extrémité du comptoir Frédérique, brutalement détrônée, l'observe avec aigreur.

Tout en buvant sa première bière (une bière bien « méritée », qu'elle se promet de faire suivre de beaucoup d'autres puisqu'elle a deux jours de congé devant elle et peut en faire ce qu'il lui plaît), Ange bavarde avec ses voisins. François a même la surprise de l'entendre s'esclaffer une ou deux fois, et quand leurs regards se croisent, elle lui sourit gentiment, comme pour lui dire qu'elle est contente d'être là. François ne sait pas si c'est son nouvel emploi ou la perspective d'un week-end de liberté qui la met de si bonne humeur, mais sa maussaderie de la veille a complètement disparu, on croirait que leur pénible conversation n'a jamais eu lieu. Ange est comme les très jeunes enfants qui sont totalement là où ils sont, oublient où ils étaient l'instant d'avant, ignorent où ils seront plus tard ; d'où, peut-être, sa manière évasive et absente, la plupart du temps, de répondre au téléphone, exactement comme les jeunes enfants qu'on dérange dans leurs jeux et qui ne savent pas quoi dire.

Depuis son bout de comptoir, Frédérique juge qu'elle en a assez vu et qu'il est grand temps de ramener l'attention sur elle :

– Vous savez pas ce qu'ils m'ont fait à la Poste ? lance-t-elle tout à coup d'une voix stridente. Vous allez pas me croire mais ces salauds m'ont retirée des guichets !... Sans blague... Les collègues se sont plaintes, soi-disant que je les empêche de travailler !... Et vous voulez savoir pourquoi ? – Elle éternue un petit rire vaniteux : C'est parce que les clients, les messieurs je veux dire, ils aiment mieux s'adresser à moi... Alors des fois il y a la queue à mon guichet pendant qu'il y a personne chez les autres !

Ayant ainsi suggéré que sa beauté est capable de troubler le déroulement d'un service public et même d'y déclencher les prémices d'une mutinerie, elle parcourt des yeux l'assistance, telle une habile conférencière mesurant son effet.

Un brouhaha poli se fait entendre, de pure solidarité entre personnes qui fréquentent le même café, modeste manifestation d'intérêt qui suffit à l'encourager :

– ... Les autres guichetières sont allées pleurer chez le directeur... Paraîtrait que ça fait mauvais genre dans un bureau de Poste ! Comme si c'était ma faute, à moi, si les hommes me courent après ! Ce que ça peut faire, la jalousie, quand même... Elles me feraient virer si elles pouvaient, ces salopes... Total, ils m'ont mise dans un bureau derrière, et la seule tronche que je vois de la journée c'est celle de mon sous-directeur qu'est encore plus cochon que les autres !

Au lieu du soutien attendu, Frédérique ne récolte cette fois qu'un épais silence, accompagné de piétinements embarrassés.

Et soudain la voix d'Ange s'élève, déclenchant un tonnerre de rires :

– Ils voulaient pas d'une aguicheuse aux guichets !

Imperméable à l'humour, et constatant que sa rivale vient d'un trait d'esprit de retourner ses efforts à son profit, Frédérique explose :

– Non mais vous avez entendu ?... De quoi elle se mêle, celle-là !... Vous avez entendu comment elle me parle !... Aguicheuse, elle m'appelle !... Et elle alors, elle s'est pas regardée !... Une paumée, une espèce de clocharde... On sait pas d'où ça sort et ça vient faire la loi et insulter les autres !...

– Bon, c'était qu'une blague, tente de la calmer son entourage, juste un mot pour rire.

– ... Moi, je vois clair dans son jeu, s'il y en a d'autres qui voient rien, continue Frédérique se libérant d'un coup de plusieurs mois de colère ravalée et de rancœur. Avec ses grands airs, c'est rien qu'une faux-cul, une hypocrite qui dit jamais ce qu'elle pense... – Aguicheuse !... Ouais..., reprend-elle en lectrice assidue de la presse du cœur, elle dit ça parce qu'elle est jalouse de moi, voilà... Elle peut pas supporter qu'on soit plus belle qu'elle !

Enchantés de l'incident (enfin il se passe quelque chose) quatre vieux pépères tournent leurs regards émoustillés vers Ange, qui se sent obligée de réagir et commente :

– Pathétique, cette femme est totalement pathétique...

Allégation désobligeante qui a pour effet de redoubler les invectives de l'attaquante.

– Bon, intervient avec force une voix masculine, c'est pas bientôt fini ! Y aurait pas moyen d'avoir un peu la paix, ici ?

Mais rien ne peut plus arrêter Frédérique, qui perd toute mesure et crève enfin l'abcès :

– ... Une zonarde qui se croit tout permis parce qu'elle est la copine du patron !

N'appréciant pas d'être personnellement mis en cause, François franchit la longueur du bar :

– Madame, lui dit-il rudement, vous feriez mieux de rentrer chez vous.

– Quouâââ ?... Et pourquoi moi ?... Ben ça alors ! C'est l'autre qui me traite et c'est moi qu'on met dehors !... C'est bien elle qu'a commencé, vous avez vu, les gars, vous êtes tous témoins, crie-t-elle à ses amis, qui reculent aussitôt de trois pas en regardant ailleurs.

– Vous partez tout de suite ou c'est moi qui vous sors, répète François avec une sourde violence.

Frédérique jette sur les hommes qui lui faisaient des grâces l'instant d'avant un regard dédaigneux :

– Tous des lâches...

D'un sec mouvement de tête, François lui réitère son injonction de sortir.

– Ça va, ça va, j'ai compris, dit enfin Frédérique en ramassant son sac – Sur le seuil de la porte, elle se retourne, toise une dernière fois le groupe des renégats et, souveraine, laisse tomber la sanction suprême : « Ben, mes petits potes, vous êtes pas près de me revoir ! ».

– Je t'avais jamais vu comme ça, dit Ange à François avec une intonation admirative quand ils se retrouvent en tête à tête quelques heures plus tard.

– Comment « comme ça » ?

– En colère.

– Bof...

Trop fine pour se plaindre de Frédérique, qui s'est chargée elle-même de se montrer sous un jour peu flatteur, elle ajoute :

– En tout cas, je t'ai trouvé très chevaleresque.

Pour une fois, ses yeux sont fixés sur lui. Ils sont beaux, si on veut, larges et d'un gris bleu qui évoque la surface d'un lac par temps couvert, mais, justement, voilés, sans vraie lumière ; ce sont les yeux tournés vers l'intérieur d'une femme qui ne voit pas vraiment ce qui se passe autour d'elle.

Chevaleresque... Ange s'imagine qu'il n'a pas supporté de la voir attaquée, qu'il en avait après cette pauvre Frédérique, alors que, bien sûr, il n'était fâché que contre lui-même.

Tout d'un coup, au milieu de cette querelle de harengères, mis en cause dans un esclandre absurde, il s'était découvert pitoyable. Echoué comme un con dans un bistrot de banlieue sans même y avoir trouvé la tranquillité espérée. Au lieu de ça, l'otage de ses clients, prisonniers de leurs humeurs, et lié à une femme qui ne l'aime pas et qui a commencé à le faire souffrir. Déstabilisé, malheureux, certainement ridicule...

L'aveuglement amoureux a ses instants de clairvoyance. Une seconde, Ange apparaît à François sous un jour différent : vaniteuse, naïvement rouée, d'une indifférence pathologique aux autres... Une infirme affective qui, depuis plusieurs mois qu'ils se fréquentent, ne lui a pas demandé une seule fois comment il allait, s'il avait passé une bonne journée, ou bien s'il avait besoin de quelque chose, s'il voulait qu'elle fasse une course pour lui à Paris à présent qu'elle y va tous les jours... Une femme qui, après un « Je t'appelle » lancé, le dos déjà tourné, d'une voix artificiellement flûtée, vient de le laisser tomber cinq jours d'affilée en l'abandonnant à sa peine et à son inquiétude. Mais la pensée l'a-t-elle seulement effleurée qu'il pouvait être peiné, inquiet... ?

Ange a dû sentir un refroidissement. La semaine suivante, elle téléphone deux fois à François sans qu'il le lui demande, vient le voir le jeudi en revenant de la gare et passe la nuit chez lui. Dans l'ensemble, elle s'efforce d'être plus gentille, plus sociable, ce qui consiste essentiellement pour elle à se montrer plus attentionnée au lit (mais avec quelque chose de méthodique, d'embarrassant pour son partenaire, l'air de s'acquitter d'un devoir) et à user beaucoup de sa voix de fillette.

Au sujet de son nouveau travail, cependant, elle n'est guère loquace ; c'est peu de dire qu'elle ne manifeste pas d'enthousiasme. Les questions affectueuses de François n'obtiennent que des réponses succinctes. Elle tape du courrier, des factures ; elle se charge des réservations d'hôtel pour les visiteurs et les acheteurs étrangers ; elle va remplir les formalités à la douane. Un secrétariat comme un autre, dit-elle, rien de très intéressant. Pas de vente, pas de contacts avec les clients. Il y a un directeur-adjoint à la galerie qui est là pour ça (un type d'à peu près son âge qui, soit dit en passant, n'a pas inventé la poudre, un prétentieux qui lui parle de haut et fait des fautes d'orthographe...). Bien que le directeur-adjoint et les critiques d'art qui les rédigent en discutent parfois devant elle, nul ne songe à lui demander son avis sur les textes des brochures ou des dépliants qui accompagnent les œuvres présentées dans les expositions, qu'on la prie simplement de taper. Et elle ne voit plus jamais Jean-Philippe, le propriétaire, celui qui l'a engagée, il est toujours en voyage ou occupé à l'extérieur, n'est passé qu'une ou deux fois en coup de vent à la galerie ; et, naturellement, plus personne ne l'invite à déjeuner dans un restaurant chic du quartier.

A d'autres moments, quand elle évoque si brièvement que ce soit sa nouvelle vie, perce une certaine arrogance. Elle pose alors sur François un regard insistant, comme pour lui rappeler qu'elle a trouvé sa situation sans son aide, et elle arbore un air de défi moqueur, un air d'avoir réussi *contre* lui, ce qui revient à retourner la réalité comme un gant. Ou bien, sans rien dire, en affichant un mince et déplaisant sourire, elle considère avec une condescendance ostensible le cadre modeste où il vit, le comparant implicitement à celui de la galerie prestigieuse et du quartier élégant où elle évolue désormais, dans une évidente et incompréhensible intention de le blesser.

Les transports ne sont pas trop fatigants ? Ça peut aller. Elle se débrouille. D'ailleurs, elle ne rentre pas tous les soirs, elle dort souvent chez une amie qu'elle a rencontrée par hasard, une fille qu'elle connaissait avant et qui a un petit appart dans le sixième... Non sans arrière-pensée, François lui fait remarquer qu'elle est très élégante avec ses chaussures à la dernière mode, sa magnifique chemise de toile fine, ses nouvelles boucles d'oreille... Elle les a achetées, prétend-elle, avec son dernier RMI.

Le week-end qui suit cette paisible semaine se passe tout aussi tranquillement. Le dimanche, ils vont faire un tour à la campagne, déjeunent dans leur auberge habituelle des bords de Seine en échangeant, comme un vieux ménage, des commentaires sur ce qu'on leur sert ou des remarques chuchotées sur les autres clients du restaurant. Après le repas, Ange s'étant déclarée trop fatiguée pour marcher, ils font un petit tour en voiture et s'arrêtent dans un village où se tient un comice agricole, annoncé par une banderole tendue entre les montants d'un carrousel fleuri. Se mêlant à la foule en fête – moitié paysanne, moitié banlieusarde –, ils déambulent entre les parcs où sont exposés de jeunes veaux blonds et robustes, des chèvres que leurs chevreaux se bousculent pour téter, de lourdes truies noires couchées sur le flanc avec leur portée... – le spectacle même de la vie que les badauds contemplent avec ravissement, mais auquel Ange n'accorde qu'un coup d'œil distrait. Même l'élection de la plus belle vache du canton, une superbe normande tachetée de roux, ceinte d'un ruban tricolore et dûment médaillée, semble la laisser de marbre, voire légèrement dédaigneuse. Ange n'aime pas la campagne et s'ennuie patiemment en attendant l'heure de rentrer.

Le lendemain est son deuxième jour de congé. Elle traîne un peu au lit, fait un brin de ménage dans l'appartement (preuve de bonne volonté, ça ne lui arrive pas si souvent), se prélasse un long moment dans son bain, puis, comme chaque lundi, François lui remet l'argent de sa semaine et elle rentre chez Aziza. Leur existence paraît se régler sur un nouveau rythme, un train-train un peu terne.

Mais le mercredi suivant, le surlendemain donc, peu après onze heures, alors que les derniers clients sont partis et que François se prépare à fermer, une voiture s'arrête devant la porte. Ange en descend, bute contre la marche et manque s'étaler en entrant, et traverse la salle – heureusement vide – en titubant. François n'a pas besoin de la regarder deux fois pour voir qu'elle est complètement soûle. Peinant à tenir sur ses jambes avec ses sandales à plate-forme et se retenant au comptoir, elle parvient à bredouiller qu'un taxi attend dehors, déclaration aussitôt confirmée par deux brefs coups de klaxon. François pousse Ange sans ménagements dans la cuisine et sort pour le payer.

Le chauffeur est à son volant, le visage peu amène, l'air de s'attendre à des difficultés :

– Cent quarante-trois euros au compteur, vous pouvez vérifier, annonce-t-il. J'ai chargé la cliente au carrefour Odéon.

François émet un sifflement admiratif, ajoutant tout de même en arrondissant la somme :

– Merci de l'avoir ramenée.

– Ouais, fait le chauffeur, rassuré sur son règlement, dans l'état où elle est, elle a surtout eu de la chance que j'habite pas loin... – Il embraye : Allez, pour moi, c'est terminé... Bonsoir tout le monde... Et bon courage tonton !

François prend le temps de tirer son rideau et de verrouiller la porte, et rejoint Ange dans la cuisine. Elle est affalée sur la table, la tête entre ses bras, en apparence endormie. Elle doit faire semblant pour échapper à une engueulade. Ça tombe bien, François n'est pas d'humeur à discuter non plus. Même s'il n'est pas du genre à taper sur une femme, la discussion aurait toutes les chances de se terminer par une paire de gifles.

La tirant brusquement en arrière, il l'oblige à se redresser. Ange gémit un peu, se laisse aller dans l'autre sens contre le dossier de sa chaise – sa tête dodelinant, rouge comme une betterave tant elle a bu. Quand il réussit à la faire se lever, ses genoux cèdent et elle se tord le pied. François prend le parti de lui retirer ses chaussures, ces espèces de socques surdimensionnées, et parvient à l'entraîner dans le couloir. Au bas de l'escalier, Ange se fait toute molle : François comprend qu'elle voudrait qu'il la porte, s'abandonner, abdiquer jusqu'à la responsabilité de se tenir debout. Mais il ne s'en ressent pas de la monter sur son dos jusqu'au premier, il n'est même pas sûr qu'il en aurait la force (sans parler du ridicule de la situation, du pur comique troupier). En la soutenant énergiquement par un bras, il la contraint à gravir les marches une à une. Arrivée sur le palier, la porte à peine ouverte, Ange se dégage brusquement de l'étreinte, file comme une flèche jusqu'à la chambre et s'écroule sur le lit. François prend encore la peine de la déshabiller sommairement et la laisse seule. Il dormira sur le divan du séjour; la dernière chose dont il a envie est de passer la nuit dans le lit d'une ivrogne.

Le lendemain matin, quand il descend, Ange dort encore. En traversant la chambre pour se rendre à la salle de bain, il l'a trouvée à peu près dans la position où il l'avait laissée, couchée sur le ventre en travers du lit et ronflant bruyamment. La pièce baignait dans une vapeur tiède et vineuse, une lourde odeur d'alcool et de sueur qu'Ange exsudait par tous ses pores. Dégoûté, François a ouvert violemment la fenêtre sans parvenir à la réveiller.

Comme tous les jours, il procède à l'ouverture de son café et s'occupe de ses premiers clients en attendant l'arrivée de Paulo, lequel vient maintenant tous les matins pour aider à la préparation du déjeuner, et ensuite pour servir à table car la clientèle de midi a presque doublé. Depuis le début du printemps, en fait depuis le retour des vacances de Pâques, des gens de passage ou de nouveaux clients réguliers, pour la plupart des employés des bureaux et des boutiques de la rue principale, viennent déjeuner à la terrasse (ce qui ne s'était pas produit les années précédentes : les engouements des gens pour tel ou tel endroit sont imprévisibles), de sorte qu'il y a deux fois plus de tables à servir ; tout seul, François n'y arriverait pas.

Ça devient délicat d'avoir un employé au noir, surtout maintenant qu'il travaille au service et que tout le monde le voit, et François engagerait bien son aide en CDI à temps partiel, mais Paulo (lui aussi Rmiste) n'y tient pas : l'un dans l'autre, ça ne lui rapporterait pas plus que ce qu'il gagne actuellement. Et il n'a pas envie de faire le serveur à plein temps. Dix ou douze heures debout, à aller et venir avec le cerveau en ébullition pour se rappeler les commandes…merci bien. En plus, dans un café d'habitués, il faut de la psychologie, savoir se montrer diplomate, arrondir les angles, faire avorter les disputes... On n'est jamais tranquille.

Paulo a trente-huit ans. C'est un enfant de la Ddass, mais il n'est pas tout à fait isolé : une des assistantes maternelles chez lesquelles la Ddass le plaçait quand il était petit, pour quelques mois ou quelques années, s'est attachée à lui et lui à elle au point qu'il l'appelle *Maman*. En ce moment, il habite dans son pavillon, dort dans la chambre qu'il occupait quand il était gosse. Il paie à Maman une petite pension pour sa nourriture et l'aide pour les courses, bricole un peu, fait son jardin. Il se trouve bien comme ça et elle, qui commence à vieillir, est contente d'avoir quelqu'un près d'elle. Aucune raison de changer. De son côté, François n'est pas encore prêt à supporter quelqu'un dans ses jambes du matin au soir ; il a pris goût à la solitude. Ça laisse le problème entier, qu'il faudra bien régler un jour.

A l'arrivée de Paulo, François lui confie le bar un moment. Il doit remonter chez lui. Paulo a déjà compris qu'Ange est en haut. Il hoche la tête : « Pas de problème, prends ton temps ». C'est une chose que François apprécie chez son aide : il reste neutre en toute circonstance et n'ouvre la bouche que pour le nécessaire. Ils peuvent rester deux heures à travailler côte à côte dans la cuisine presque sans se parler, en communiquant par gestes. Au fond, François ne se sent bien, durablement, qu'avec les gens silencieux.

Il croyait trouver Ange au lit, mais en pénétrant dans le couloir de l'immeuble, il l'aperçoit en haut de l'escalier. Rhabillée en hâte, son chemisier mal rentré dans son jean et pendant par endroits, elle est sur le point d'attaquer la descente avec ses chaussures à la main (du comique troupier, on est passé au vaudeville).

– Qu'est-ce que tu fais ?

Prise en flagrant délit, Ange s'immobilise.

– Ben je m'en vais.

– Où ça ?

– Ben je rentre chez moi.

– Pieds nus ? dit François. Qu'est-ce que ça veut dire ?

– Je voulais pas te déranger.

Ayant pris la précaution d'ôter ses chaussures pour que François ne l'entende pas descendre l'escalier si, par malchance, il se trouvait dans la cuisine au moment de son passage, elle s'en allait en douce se recoucher et finir de cuver chez Aziza – le très cool Aziza qui ne risque pas, lui, de faire des histoires pour une malheureuse cuite ou pour un jour d'absence au boulot.

– Rentre dans l'appartement, lui ordonne François. J'ai à te parler.

– Je sais ce que tu vas me dire, soupire Ange en revenant tout de même sur ses pas. A quoi ça sert. J'ai mal à la tête.

Résignée à essuyer l'orage, elle va se recroqueviller dans un coin du divan, ses bras enlaçant ses jambes, ses genoux ramenés sous son menton, offrant le moins de surface possible. Ce n'est pas qu'elle ait peur que François la frappe : il est bien trop gentil, bien trop doux, elle le trouve même trop mou (au lit non plus, il faut reconnaître que ce n'est pas la foudre, maintenant que le temps de la découverte est passé, un coup vite fait, hop, et il s'endort comme une souche, il est tout le temps fatigué). Non, au pire, elle s'attend à une engueulade, un sérieux savon; il va lui faire des reproches pour son bien, avec un tas d'arguments raisonnables, sans élever la voix, en restant maître de lui. C'est un homme qui ne perd jamais le contrôle de soi.

Au fond, Ange aurait préféré de la passion, avec ses risques, sa violence latente. Une passion à sens unique s'entend (elles le sont presque toujours), dont elle ne serait évidemment pas le sujet (de ce côté-là, elle ne court pas de risque) mais l'objet. Un amour aveugle, inconditionnel, qui n'exigerait rien d'elle, ne lui demanderait que d'exister, d'être là. La miraculeuse, transcendante passion qui vous fait voir le monde sous un autre angle, met la vie et ses prosaïques réalités entre parenthèses, vous détache des contingences...

Dans cet état *anormal*, c'est François qui la supplierait pour qu'elle vive avec lui. Il serait aux petits soins, préparerait amoureusement ses repas, lui vernirait les ongles des pieds (Ange a vu ça une fois dans un vieux film), la comblerait de cadeaux, l'emmènerait en voyage de peur qu'elle ne s'ennuie. Elle, elle n'aurait qu'à se laisser aimer, qu'à se laisser porter, jusqu'à ce qu'elle se lasse, que l'envie la prenne d'aller voir ailleurs. Ou que ce soit lui, François, qui en ait assez, que sa passion s'éteigne, puisque tout finit par mourir.

Mais qu'est-ce qu'il lui raconte ?... Elle est sur une mauvaise pente... tout ça risque de mal finir... personne ne pourra rien pour elle si elle continue dans cette voie. Elle a eu la chance, la chance inouïe de trouver un job intéressant – et dans la peinture, encore, elle qui s'intéresse à l'art ! – et elle est en train de tout foutre en l'air... Comportement suicidaire... elle aurait décidé de se détruire, elle s'y prendrait pas autrement... Etc.

Il n'arrête pas de lui prendre la tête, sa pauvre tête qui déjà, ce matin, cogne à grands coups en résonnant comme une enclume.

– ... Et par-dessus le marché, tu claques cent cinquante euros de taxi ! Deux fois ce que tu gagnes en une journée rien que pour rentrer chez toi ! A quoi ça rime, ça, hein ? C'est vraiment n'importe quoi !...

– Je te les rendrai, tes mille balles, dit Ange d'un ton méprisant sans en penser un mot.

– Et on peut savoir pourquoi le chauffeur m'a appelé tonton ?

Elle retient un sourire, se contente de soupirer :

– C'était juste pour qu'il accepte de me ramener, j'ai dit que j'habitais chez mon oncle qui tient un café.

– Et qu'est-ce que c'est que cette chemise d'homme que tu portais l'autre jour ? Une chemise de chez Charvet…

– Quoi, Charvet, dit Ange qui a bien lu ce nom dans le col de la chemise mais ignore ce qu'il représente. Alors tu vérifies les marques de mes chemises maintenant ?

– D'où elle sort, cette chemise ?

– Je l'ai achetée dans une solderie.

– Une chemise Charvet sur mesure dans une solderie ! Est-ce que tu me prendrais pas pour un con par hasard ? Chez qui tu dors quand tu restes à Paris ?

Soudain, la fatigue, la gueule de bois, l'attendrissement sur elle-même, Ange éclate en sanglots, éludant du coup cette question embarrassante. Elle se laisse aller à ses pleurs un moment, la tête cachée derrière ses genoux, puis elle s'essuie les yeux comme une gamine au revers de son bras, et se résout enfin à expliquer sur un ton rancunier et plaintif :

– Tout ça, c'est à cause de la galerie… C'est la faute du directeur-adjoint, ce type me kiffe pas depuis le début, il est toujours sur mon dos… Les premiers temps, il me laissait à peu près tranquille, mais maintenant ça n'arrête plus. Je tape pas assez vite, je fais pas attention à ce qu'il me dit, je suis négligente, ou trop lente, il est jamais content… Hier matin, il m'a engueulée parce que j'avais oublié de lui transmettre un message. J'ai dit qu'il y avait pas de quoi se mettre dans une colère pareille parce que le message était pas important… Tu sais ce qu'il m'a répondu ? Que c'était pas à moi d'en juger… Pour lui, je suis qu'une machine, un robot qu'a pas à penser… Et puis après, il m'a envoyée chez Jean-Philippe pour lui faire signer un truc. Il habite sur le boulevard, Jean-Philippe, juste à côté de sa galerie… C'est la première fois que j'y allais…Tu verrais l'immeuble, un escalier en marbre, de l'acajou partout, un appart par étage… Ça doit faire au moins quatre cents mètres carrés un appart comme ça ! Quatre cents mètres carrés pour lui tout seul, il est même pas marié, ce pédé ! Et tu sais quoi ? Une fois là-haut, je l'ai pas vu, il m'a même pas reçue ! Y a une espèce de larbin en gilet qu'a emporté la lettre et il m'a laissée poireauter dans l'antichambre comme un coursier ! C'est ça que je suis pour tous ces gens-là : rien de plus qu'une servante, une sorte d'esclave ! Ils auraient dû me faire passer par l'escalier de service tant qu'ils y étaient… Rien que la pièce où je travaille, ça montre bien comment on me considère : ils m'ont reléguée dans un bureau tout gris qui donne sur la cour. Même la moquette est pas pareille que dans le reste de la galerie, c'est juste une espèce de revêtement de sol en corde ! On comprend tout de suite qu'on entre chez une inférieure… Ils font tout pour me rabaisser.

Et les larmes redoublent, des larmes sincères. François a l'intuition qu'il y a autre chose. Que des contrariétés, des petites vexations au travail ne suffiraient pas à provoquer un tel désespoir. Peut-être le propriétaire de la luxueuse chemise, quelqu'un dont François ne saura jamais rien mais qu'Ange a probablement rencontré dans un bar, qui a dû se distraire avec elle quelques jours, lui a fait cadeau de la chemise qu'elle lui avait empruntée (ainsi qu'elle le fait avec tous ses amants et tous ses amis : les chemises d'homme lui vont si bien…) ; et puis au revoir et merci.

Nouvelle humiliation.

Enfin, après cette matinée horrible, elle était complètement bouleversée. A l'heure du déjeuner, elle est allée manger un sandwich rue de Buci, au Bar du Marché, et juste pour se remettre (d'habitude, assure-t-elle, elle ne boit jamais dans la journée) elle a commandé un ballon de rouge. Et puis un autre derrière le premier. Après ça, elle n'avait plus envie de retourner à la galerie et elle a traîné le reste de l'après-midi… Elle ne sait pas ce qui se passe avec elle, mais personne n'essaie de la comprendre, personne ne lui fait jamais confiance, partout où elle va, quoi qu'elle fasse, on la traite en quantité négligeable… – Et Ange conclut, d'un mot provincial et désuet :

– Le problème avec moi c'est que je suis déclassée, voilà ! – ajoutant drôlement : déclassée de naissance.

La colère de François s'est évanouie :

– Les responsabilités, la confiance, ça se gagne, lui dit-il doucement. Il faut qu'ils apprennent à te connaître, tes deux types. Ça demande du temps.

– *Personne* n'a envie de me connaître ! Tout ce qu'ils veulent, c'est me faire faire ce qu'ils ont pas envie de faire. Ils se servent de moi.

– Tu viens juste d'arriver… Apprends le métier, t'es intelligente, dans dix ans tu pourrais diriger une galerie.

– Dix ans à faire la bonniche…

Ange ne connaît pas la valeur du temps. Pour elle, le temps n'est pas un ami, très fiable, qui vous aide patiemment à mener vos projets à bien – c'est un ennemi invisible et sournois, inexorable, qui vous fait vieillir, vous enlaidit, vous rapproche de la mort. Bien qu'à trente-cinq ans, après dix-sept ans d'errance, elle commence à s'inquiéter et à se fatiguer de son existence marginale, elle ne parvient pas à s'en échapper parce qu'elle ne comprend pas le monde dans lequel elle vit. Elle est comme ces abeilles entrées par mégarde dans la maison et qui s'obstine à se cogner sur un carreau de la fenêtre, sans apercevoir le battant qu'on leur a ouvert pour leur permettre de sortir. Ange est prisonnière de l'image qu'elle a d'elle-même, de l'idée qu'elle se fait de la place – du « rang » – qu'elle devrait avoir dans la société, et considère les obstacles qu'elle rencontre comme des injures qui lui sont faites personnellement.

En la voyant si désemparée, si vulnérable, François a mal pour elle. Il vient s'asseoir à côté d'elle sur le divan, lui tend un mouchoir et, – il commence à en avoir l'habitude, – essaie de la calmer, d'apaiser cette souffrance entêtée, inconsolable.

– Allez, c'est fini, essuie tes yeux… Une petite virée, c'est pas dramatique quand même… Demain tu retourneras travailler et tout sera oublié… Applique-toi, montre-leur de quoi tu es capable, ils finiront bien par s'apercevoir de ce que tu vaux… – François attire Ange contre lui, continuant, sans trop d'illusions, à lui prodiguer des encouragements : … Et puis avec le temps, tu verras, c'est toi qui seras la mémoire de tout le truc, tu deviendras indispensable, et à ce moment-là, crois-moi, tout le monde te traitera avec respect.

Il a au moins réussi à la calmer. Ange cesse de pleurer, se repose une minute au creux de son épaule, puis elle se redresse, renifle un bon coup et dit en se séchant les yeux :

– Il faut que je leur téléphone tout de suite.

– Ça va être trop tôt, remarque François, il n'est que neuf heures et demie. Tu m'as pas dit que la galerie ouvrait à dix heures trente ?

– Justement. J'aime mieux laisser un message. J'ai pas envie de tomber sur ce connard.

En l'écoutant parler au répondeur, François constate qu'Ange a recouvré ses esprits. Avec aisance, mais d'une petite voix affaiblie, elle raconte qu'elle a eu un malaise la veille à l'heure du déjeuner, qu'elle avait très mal au ventre et a dû consulter sa gynécologue d'urgence, laquelle lui a prescrit des médicaments et conseillé de se reposer une journée. Aujourd'hui, il faut encore qu'elle reste allongée, mais elle commence à se sentir un peu mieux et sera là demain vendredi sans faute. Elle espère que son absence ne cause pas trop de problèmes. Elle est vraiment désolée.

Ange ne perd pas le nord : d'instinct, elle a trouvé l'excuse imparable, le ventre, le malaise gynécologique, mystérieux et sacré, qu'aucun homme n'osera discuter.

Une quinzaine de jours plus tard, le matin du trente juin, Ange touche son chèque mensuel. A la pause de midi, elle va ouvrir un compte au Crédit Lyonnais, déjeune d'une salade à une terrasse, retourne travailler à la galerie l'après-midi pour qu'il ne soit pas dit qu'elle leur a volé quelques heures, et ça y est : son expérience d'assistante chez un célèbre marchand de tableaux du boulevard Saint-Germain est terminée. Elle aura duré cinq semaines.

François s'y attendait ; en apprenant la nouvelle, il n'éprouve qu'une lassitude résignée : il s'attend à présent à d'autres moments difficiles. Dépitée, embarrassée devant les autres de ce nouvel échec, Ange va se réfugier dans une attitude agressive et renfrognée. Elle noiera ses idées sombres dans des flots de bière, se laissera glisser dans un état de dégradation spectaculaire et culpabilisant, à la manière de ces adolescents à la dérive qui ont toujours l'air de vous dire : c'est votre faute si j'en suis là, regardez ce que vous avez fait de moi. – François connaît le scénario.

Et bien, à sa grande surprise, c'est tout le contraire qui se produit. Les jours qui suivent son départ de la galerie, Ange se montre de charmante humeur. En fait, elle paraît soulagée d'un grand poids. Du jour au lendemain, l'abrutissante monotonie des transports (c'est bien ça, remarquait-elle avec une ironie acerbe, quand on n'est plus au RMI, ils vous collent au RER), l'ennui écrasant du bureau, ces journées interminables pendant lesquelles, tout comme autrefois chez Michelin, elle surveillait, non plus la grande aiguille de l'horloge murale – il n'y en avait pas à la galerie –, mais la trotteuse de sa montre, ont été effacés de sa mémoire ; elle semble avoir oublié Paris, n'en parle pas, n'y met plus les pieds.

Les jours où elle a dormi chez François, au lieu de disparaître aussitôt son bain pris, son café avalé, avec une bise rapide ou un petit « Salut ! » désinvolte et maussade, elle s'attarde, fait un peu de rangement au premier et, comme Paulo a pris quelques jours de vacances (on est en juillet et il y a déjà pas mal de monde de parti), spontanément, donne un petit coup de main à François pour les épluchages. Même quand elle dort chez elle, il n'est pas rare qu'elle fasse une apparition dans la journée, et passe plusieurs heures près de lui, l'air de quelqu'un qui se sent bien là, qui n'en demande pas plus. Quand ils sont en tête à tête dans la cuisine, occupés à quelque tâche fastidieuse, tout en s'activant d'une main légère, elle plaisante, fait des mots d'esprit, le taquine avec humour. Jamais François ne l'avait vue si gaie, si détendue.

Ange a son salaire à la banque, de l'argent qui lui appartient, sur lequel elle ne doit de comptes à personne : elle se sent riche, indépendante. Comme il fait un temps superbe et que la météo promet un été caniculaire, elle s'est achetée un maillot de bain noir, de style *nageur,* qui met en valeur ses larges épaules et ses hanches minces, et dans lequel elle a tournoyé devant François pour se faire admirer. Certains jours, elle passe l'après-midi à la piscine municipale, une piscine en plein air, qui vient d'ouvrir. D'autres fois, elle s'installe tout au bout de la terrasse, au bord du canal, les pieds appuyés sur le muret, et reste là à lire jusqu'à ce que le soleil décline, protégée par une grande capeline de paille garnie de fleurs qu'elle s'est achetée au Monoprix.

Peu à peu, sous le regard étonné de François, Ange se transforme ; elle devient très belle, hâlée, ensoleillée. Sa peau respire, tout son corps respire ; son esprit, libéré, respire. Dans son visage bronzé, par contraste, ses yeux clairs paraissent encore plus clairs, illuminés de l'intérieur par un contentement profond, une satisfaction toute personnelle.

Ange vit la vraie vie – pour elle la seule qui vaille –, celle des gens auxquels on ne donne pas d'ordres, qui marchent au lieu de courir, qui flânent si ça leur chante ou s'appliquent à quelque travail, quelque étude qui les passionne, et pour lesquels le mot *dilettante* n'est pas une insulte mais un compliment. Ceux qui ne *gagnent* pas leur vie (expression terrible) et sont malgré tout respectés. Les êtres libres, privilégiés, dans la peau desquels il lui est si naturel de se glisser qu'elle se persuade (elle qui se voit « déclassée de naissance ») qu'elle aurait dû être des leurs, qu'elle a été victime d'une injustice, d'une erreur du destin.

François la laisse vivre. Le mieux pour eux deux, pense-t-il, est de passer l'été sans se poser de questions. De s'accorder un moratoire. Après ses tentatives des derniers mois, il y a des chances qu'Ange abandonne ses velléités laborieuses jusqu'en septembre. Quant à lui, qui sent depuis quelque temps qu'il se détache d'elle (Ange ne lui inspire plus ni inquiétude ni colère, mais, par moments, de la curiosité [il a suivi sa récente métamorphose avec un intérêt amusé, tout en constatant que sa beauté ne l'émouvait plus], et à d'autres moments, juste de l'ennui, de la fatigue, un désir impatient de se retrouver seul), il ne souhaite que profiter de cette accalmie, laisser faire le temps, remettre leur rupture probable et ses complications à plus tard.

Conformément aux vœux de François, les deux premières semaines de juillet s'écoulent paisiblement. Mais un matin, au lendemain des fêtes du Quatorze Juillet, alors qu'ils sont en train d'éplucher les haricots verts du déjeuner, tout en suivant des yeux le fil qu'elle vient d'ôter et qu'elle balance au bout de ses doigts, l'air de rien Ange demande à François :

– Tu m'avais pas dit qu'il se tourne beaucoup de films en France pendant l'été ?

– Oui, c'est ce qui se passe en général. Ils profitent du beau temps pour faire les extérieurs.

– Parce que j'ai pensé, te fâche pas, c'est juste une idée qui m'est venue, une idée comme ça, mais pourquoi est-ce que j'essaierais pas de travailler dans le cinéma ?

– Ah oui ? Et pour quoi faire ? l'interroge François, voyant de gros nuages se profiler à l'horizon.

– Ben, pour jouer… être actrice, pas les grands rôles bien sûr, mais ce que tu dis là, comment t'appelles ça, actrice de complément… Pour faire de la figuration, quoi !

– Le boulot de figurant, lui expose prosaïquement François, ça consiste essentiellement à attendre. Ensuite, tu repasses quinze fois au même endroit, ou tu cries quinze fois la même chose, ou tu attaques les premiers pas de la même valse, ou tu reprends la même position immobile. Autant de fois qu'il y a de prises. T'aurais vite fait de t'ennuyer.

– Mais non, voyons, pourquoi je m'ennuierais… Je regarderais ce qui se passe, comment on fait un film; j'y suis jamais allée, moi, sur un plateau de cinéma, j'en ai jamais vu. Tu trouves toujours quelque chose à dire pour me décourager.

– Mais pourquoi irais-tu t'embêter à faire ça ? T'es pas bien, là ? Tu préfères pas passer l'été tranquillement ?

– J'ai plus de sous. J'ai plus que mon RMI.

– T'en as pas besoin, je suis là moi. Repose-toi, reste un peu tranquille, insiste François, qui aimerait bien avoir un peu de paix lui aussi. Tu auras tout le temps de voir à la rentrée.

– Tu dois connaître plein de monde, toi, dans le cinéma, à la télé, poursuit-elle comme s'il n'avait rien dit, tu peux sûrement me recommander.

– Mais je compte pour du beurre, moi... Ma recommandation servirait à rien. A la télé, je connais personne, j'en ai presque pas fait. Et ceux du cinéma, ils m'ont oublié depuis le temps. D'ailleurs, on n'a pas besoin d'une recommandation pour faire de la figuration.

– Tu peux bien m'envoyer à quelqu'un tout de même ! Quelqu'un que tu connaissais avant !

François voit le tableau d'ici. Ange se morfondant au bord d'un plateau en attendant son tour d'exécuter un geste répétitif et banal, avec le vain espoir de se faire remarquer par le réalisateur ou par un assistant, lesquels sont en général bien trop occupés ailleurs. Et même, en admettant qu'elle ait cette chance, qu'un cinéaste la trouve belle, intéressante, François est bien placé pour savoir qu'il ne pourrait rien en tirer : Ange est une nature introvertie, cabrée, méfiante... tout le contraire d'une actrice, d'une pâte malléable. Sans parler des périodes de chômage : pas difficile d'imaginer comment elle occuperait son temps, ces longues journées d'incertitude et d'attente...

– Ça doit bien payer ce boulot, dit Ange.

– Quand il y a du travail... Mais les figurants ne travaillent pas tous les jours. Quelques jours par mois, quand tout va bien.

– Et alors, c'est très bien ça, quelques jours par mois. Le reste du temps, tu fais ce que tu veux.

– Le reste du temps, ils cherchent des engagements, dit François. Ça n'a rien d'une partie de plaisir.

A bout d'arguments, Ange se lève, fait le tour de la table, se colle contre le dos de François et l'entoure tendrement de ses bras :

– Laisse-moi au moins essayer, murmure-t-elle, câline, à son oreille, je suis sûre que c'est quelque chose que je peux faire. Ça doit pas être bien difficile et ça m'intéresserait beaucoup.

Comme toujours, Ange se trompe, sur elle-même et sur ce qui l'attend. Mais elle est têtue et François, sachant d'expérience qu'elle ne lâchera pas prise et reviendra à la charge jusqu'à ce qu'il cède, désireux de ne pas gâcher le reste de l'été, de maintenir ce moratoire dont il espère, peut-être avec un excès d'optimisme et non sans lâcheté, qu'il pourra amener leur relation à se défaire doucement, sans heurts, comme un tissu qui s'effiloche, ou pendant lequel un imprévu pourrait survenir qui provoquerait la rupture et le dispenserait d'en prendre l'initiative, il choisit de couper court :

– Ça va, ça va, d'accord, je vais téléphoner à quelqu'un. Mais t'attends pas à des miracles.

C'est son troisième été au Café du Canal et François n'a jamais connu une telle chaleur. Trois semaines d'affilée sans la caresse d'une brise, sans le soulagement d'un orage. L'air qui s'engouffre d'habitude dans la trouée du canal et en rafraîchit les abords semble stagner au-dessus des choses. Pas un souffle ne ride la surface de l'eau, qui reflète la maigre végétation et la maçonnerie de ses berges comme un miroir.

Au début de l'après-midi, cette petite ville d'Ile-de-France qui n'enregistre pas de pareilles températures trois fois par siècle, surtout d'une manière si persistante, et où rien n'est prévu pour s'en protéger, était plongée dans une telle fournaise qu'on avait l'impression qu'il s'en serait fallu d'un rien qu'elle ne prenne feu. Les bruits ordinaires de la vie avaient cessé, faisant place à un silence insolite, inquiétant. Comme s'il était sur le point de fondre, l'asphalte de la rue collait aux semelles, et les tables de fer de la terrasse étaient si chaudes qu'on aurait pu y faire cuire un œuf.

Vers six heures, fuyant leurs chambres sous les toits ou leurs appartements aux murs trop minces, les gens ont commencé à affluer et à s'entasser en couches successives au comptoir ; puis, faute de place, délaissant la terrasse encore ensoleillée et brûlante, ils se sont rassemblés sur le trottoir, leur verre à la main, dans l'étroite bande d'ombre qui longeait la devanture. En dignes natifs du nord de la Loire, ces Franciliens se protègent des grandes chaleurs en s'agglutinant les uns aux autres, en ingurgitant des quantités phénoménales de demis « bien frais », lesquels leur font hausser le ton, suscitant un vacarme qui les oblige à crier encore plus fort, et en s'agitant en tous sens comme des électrons. Et en effet, il y a de l'électricité dans l'air.

Autant que par cette température extraordinaire qui instaure comme un état d'exception donnant l'illusion que tout est permis, que tout est possible, l'ambiance survoltée tient à la proximité des femmes, qui sont toutes là, ce soir, avec leur peau nue, leurs voix aiguës, leurs odeurs musquées… Frédérique, plus décolletée que jamais et dont le rire excité fuse toutes les deux minutes au-dessus du tintamarre (après une semaine de bouderie, elle est revenue, bien sûr, comme on revient dans sa famille après une fâcherie). Georgette, qui depuis le début de la canicule ne peut tenir dans son logement du dernier étage, sous les ardoises brûlantes du toit, et passe la plus grande partie de ses journées en bas avec son caniche. Adèle : en froid avec son étudiant, elle se laisse courtiser par le dessinateur, qui espère bien l'emmener dîner et, de peur de déplaire, s'efforce de détourner les yeux de ses jeunes seins moulés dans le tissu humide de sueur de son T-shirt. Yvonne, dans une robe à bretelles qui découvre ses bras et ses épaules charnus, et sa fille de seize ans, le nombril à l'air. Une coiffeuse du salon voisin, presque nue sous la transparence de sa blouse. Et toutes les autres, habituées ou nouvelles venues, en débardeurs, en caracos, en minijupes, en robes bain de soleil... A ne plus savoir où donner de la tête pour les malheureux hommes qui les frôlent. – Une seule absente, Ange : elle ne s'est pas montrée depuis trois jours.

Peu avant huit heures, des coups de tonnerre déchirent le ciel lourd devenu ocre, annonçant la pluie; hélas, après quelques craquements prometteurs, un ou deux éclairs blancs et brefs, le tonnerre s'éloigne, se résorbe en grondements de plus en plus sourds, emportant l'espoir d'un orage. Concentrés sur leur tâche, en nage, François et Paulo – ils n'ont pas eu une minute de répit de la soirée – continuent à remplir les verres à tours de bras et à les placer dans les mains tendues des clients qui ne parviennent pas à s'approcher du zinc.

Soudain, un grand fracas accompagné d'un piétinement rageur se fait entendre dans la cuisine. François s'essuie les mains et va voir.

Ange vient d'entrer. Elle est passée par la porte de derrière, maintenue grande ouverte pour laisser pénétrer la fraîcheur relative du couloir. Congestionnée, à l'évidence bien imbibée, repoussant violemment les meubles au passage, elle va et vient comme un fauve dans l'espace étroit.

Apercevant François sur le seuil, elle attaque avec furie :

– Qu'est-ce que c'est que ce tocard que tu m'as envoyée voir ?

– Quoi, hein, qu'est-ce qu'il y a ? se défend François sans comprendre.

– Cette espèce de type, là, qui recrute les figurants, soi-disant ? rugit Ange en tendant vers lui un visage défiguré par la déception et par la colère.

– Un régisseur ! gronde-t-il. Comme je t'avais dit !

– C'est ça, un tocard de régisseur... Eh bien, ton mec, il m'a fait poireauter vingt minutes, et après...

– Oooh, la coupe François en s'inclinant bien bas dans une révérence burlesque, on a osé faire attendre Madame !

– ... et après, il m'a à peine regardée ! Il m'a donné une fiche à remplir et il a téléphoné sans arrêt, ce connard !

– C'est pour tout le monde pareil ! crie François, furieux à son tour. Il faut bien qu'ils recueillent des renseignements sur les gens !

– Parlons-en, oui, des renseignements ! Rien que des conneries ! Si je monte à cheval, si je sais danser ! Si j'ai une tenue d'équitation, une robe du soir... et puis quoi encore ?... Et quelles danses je danse... la valse, le rock, le tango... y avait même marqué le charleston, pourquoi pas la polka pendant qu'ils y sont !

– Oui ! hurle François. Pourquoi pas !

– Tu l'as fait exprès pour me décourager ! Tu m'as ridiculisée ! poursuit Ange, en grimpant dans les décibels au point que sa voix semble près de se casser – voix heureusement couverte, la porte de communication refermée, par le boucan qui règne dans le café. Tu le savais, pourtant, que je sais pas danser !...

Il s'en doutait, en effet, bien que la question ne se soit jamais posée entre eux. N'importe qui l'aurait deviné à sa démarche heurtée. Un soupçon de claudication qui n'était pas due, comme il l'avait cru au début, à ses origines bretonnes (pour avoir lu quelque part qu'en Bretagne de légères malformations de la hanche ne sont pas rares), mais uniquement à sa personnalité bloquée, à son incroyable rigidité mentale.

– Et en plus ils voulaient que j'écrive les sports que je pratique ! Le ski, le tennis, le patin à glace... Comme si c'était les bourges qui font de la figuration !

Exaspéré, au bord de l'explosion, François va ouvrir le robinet de l'évier et s'asperge longuement le visage d'eau froide.

– Avec toi, reprend-il, un peu calmé, en se tamponnant avec un torchon, c'est toujours la même histoire, tu comprends rien à rien et t'emmerdes tout le monde. Tu ne sais que te plaindre et dénigrer les autres... Et bien, je vais te dire une chose, ma petite fille, je commence à en avoir par-dessus la tête de ton numéro !

– Tu l'as fait exprès, s'obstine Ange, tu m'as envoyée là-bas pour m'humilier, pour me dégoûter ! Et c'était même pas un studio de cinéma, juste un bureau des Champs-Elysées à la con ! J'ai même pas pu aller sur un plateau ! Je croyais rencontrer un vrai metteur en scène, quelqu'un de connu, et j'ai vu rien qu'un gros lard…

– Que ça te plaise ou non, c'est comme ça que ça se passe ! Les metteurs en scène voient les figurants juste avant le tournage !

Ange a cessé ses allées et venues. Appuyée des deux poings sur la table, elle fixe François méchamment :

– Tu sais quoi ? Je me demande ce que je fais là, moi, dans ton bistrot de merde… Je perds mon temps, avec toi, c'est clair ! Ça saute aux yeux que tu te fous de moi… Je comprends rien à rien, hein ? Moi je comprends que tu me prends pour une imbécile, que tu veux rien faire pour moi parce que tu me considères comme une loser, une ratée !… – Elle feule un petit rire mauvais : – Et ben et toi alors, qu'est-ce que t'es d'autre, hein ? Toi aussi t'en es un de raté !

Avant que François, interdit, ne trouve quelque chose à répondre, un vacarme infernal éclate subitement dans le café : bruits de chaises renversées, de tables bousculées, exclamations scandalisées… Abandonnant Ange à ses récriminations, François se précipite dans la salle.

Le temps qu'il arrive le vacarme a cessé. A part deux types blasés qui préfèrent décidément la compagnie de leur verre, les clients ont quitté leur place au comptoir et se sont rassemblés en cercle au milieu de la pièce, captivés par un spectacle qui leur arrache des commentaires indignés, tandis que ceux du trottoir se pressent à la porte ou écrasent leurs figures contre la vitre dans l'espoir d'apercevoir quelque chose.

– Mais qu'est-ce qui se passe ici ? tonne François d'une voix de stentor dont il a dû se servir la dernière fois sur une scène de théâtre. Qu'est-ce que c'est que ce bordel, nom de Dieu ?

7

Le groupe s'étant écarté pour le laisser passer, il découvre Olivier par terre, complètement sonné, le visage et le devant de sa chemise ensanglantés : il saigne du nez. Agenouillé près de lui, son copain Edouard lui maintient la tête en arrière et essaie d'arrêter le flot en appuyant un mouchoir sur ses narines, pendant que Paulo, armé d'un rouleau de Sopalin, tourne à quatre pattes autour d'eux pour essuyer le sang qui goutte sur le carrelage (ce type est un sanguin, il saigne comme un bœuf).

– C'est l'autre, là, répond Paulo à la question de François avec un signe de tête en direction de la rue où une moto pétarade furieusement et démarre, l'étudiant de la petite… Il lui a mis un direct.

– Eh, oh, intervient quelqu'un, c'est pas lui qu'a commencé.

– Il a raison, approuve un autre, c'est le dessinateur qu'a commencé. Je sais pas ce qu'ils s'étaient dit, j'ai rien entendu, j'étais trop loin, mais tout d'un coup je l'ai vu qui balançait un marron au jeune, pan dans l'œil !

Ceux qui se trouvaient à proximité, aux premières loges pour ainsi dire, et ont assisté à l'esclandre depuis le début s'empressent de prendre le relais, en parlant tous à la fois comme des écoliers qui rendent compte au maître d'un incident survenu en son absence. (Il y a des jours, plutôt que d'un patron de café, François se fait l'effet d'un instituteur ou d'un chef scout en charge d'une troupe turbulente...).

Enfin voilà : tout ça c'est à cause de la boulangère. Elle était en train de discuter au comptoir avec Olivier et Edouard. Là-dessus, l'étudiant en médecine est arrivé; il s'est mis à une table tout près et il a fait signe à la petite de le rejoindre. Elle, qui devait être fâchée contre lui, n'a pas bougé. Alors, l'étudiant s'est levé, il s'est approché du groupe et, exactement comme si les deux autres étaient pas là, il a attrapée la môme par le bras. Elle, sûrement qu'elle voulait le faire marcher, elle lui a dit : « Laisse-moi tranquille ». Le gars a quand même essayé de l'entraîner. Alors la môme a répété « Fiche-moi la paix » en dégageant brusquement son bras. Mais son gars insistait, il l'a tirée un bon coup en arrière. Et là, le dessinateur s'est fâché, il a fait : « Mademoiselle est accompagnée. Vous voyez bien que votre présence n'est pas souhaitée. » Un truc comme ça, très poli... Alors l'étudiant l'a toisé d'un air de vraiment se foutre du monde et il a dit à la petite : « Tu vas pas rester avec ce nain ? ». Et c'est là que le dessinateur lui a mis un marron. L'autre l'avait bien cherché, faut dire. Mais l'étudiant, ni une ni deux, il a répliqué par un direct dans le pif... Tout ça, hein, c'est la faute de la fille... Quand les mecs se battent, y a pas besoin de chercher loin, la plupart du temps c'est à cause des gonzesses...

« Qu'est-ce que vous voulez, c'est la nature, philosophe le kiosquier, regardez les animaux, c'est pareil chez les animaux... » – « C'est la chaleur, rectifie une jeune femme, ils sont tous pleins comme des barriques. » – « Les gamines, de la façon qu'elles s'habillent maintenant, elles rendent tous les hommes fous », conclut une vieille.

De lourds regards réprobateurs se portent sur Adèle, que son étudiant a laissée tomber et qui pleure silencieusement à côté de Gilberte, la seule à la soutenir dans ce climat hostile.

– Bon, dit François pressé de ramener le calme dans son établissement, l'incident est clos. Et voyant que le dessinateur semble récupérer, qu'il a cessé de saigner et fait mine de se relever : – Restez pas collés sur lui, vous tous, écartez-vous ; vous voyez bien que vous l'empêchez de respirer...

– Tiens, chuchote Gilberte à Adèle, y a l'autre qui refait surface. Vaut mieux pas qu'il te voie... Viens avec moi, ma poulette, je te paye un coup à la brasserie de la Gare.

En regagnant son comptoir, François tombe sur Ange, plantée à l'entrée de la cuisine, à moitié dégrisée, en train de contempler la scène bouche bée.

– Toi, t'as rien à faire en bas, lui dit-il durement. Tu montes immédiatement à l'appartement ou tu rentres chez toi !

– Je peux monter, si tu veux, lui répond Ange d'un ton soumis.

Et en la découvrant tout à coup si douce et si docile, comme domptée, il se dit qu'au fond c'est peut-être ce qu'il lui aurait fallu, ce qui lui aurait plu, à elle, un type autoritaire, un macho qui la rudoie.

– C'est vous le patron ici ?

Depuis un moment François observait cet homme, qu'il ne connaît pas mais dont l'allure et le comportement lui étaient familiers. Il l'avait vu aller et venir sur le terre-plein d'un pas rapide, examiner la terrasse, se pencher par-dessus le muret au passage d'une péniche, noter la hauteur du soleil et les parties ensoleillées de la rue à cette heure matinale ... Rien d'un promeneur. Il était même allé jusqu'au milieu du pont pour découvrir la perspective du canal, là où les quais s'interrompent et où il continue son cours comme une rivière de campagne entre deux rives verdoyantes. Même s'il ne s'en était pas servi, un petit appareil photos pendait à son épaule. Puis l'homme a fini par entrer et il a commandé un café-calva.

– Oui, c'est moi, dit François.

– J'ai eu votre adresse par un de vos amis, Paul Dunan... On va commencer un tournage... C'est pour le cinéma, un film de Chabrol. Moi je suis son premier assistant, mon nom c'est Demesson, Patrick Demesson, je suis venu en repérage. On cherche une jolie terrasse de café dans une petite ville, au bord d'une rivière ou d'un cours d'eau quelconque... La première partie du film se passe dans le midi, on ira la tourner sur place, et ensuite on remonte finir dans la région parisienne... On avait bien quelque chose de prévu sur les bords de la Seine, à Samois, à côté de Fontainebleau, mais finalement ça n'a pas marché, le propriétaire a renoncé. Et puis Dunan m'a parlé de votre établissement... A première vue, ça paraît convenir, c'est joli, bien orienté, et avec le terre-plein d'en face on aurait toute la place nécessaire pour installer le matériel sans gêner la circulation... Alors, si vous étiez d'accord... C'est seulement pour les extérieurs, on reconstitue l'intérieur du café en studio.

– Je m'en doute, dit François.

– C'est vrai, vous avez été comédien à ce qu'on m'a dit, vous connaissez la musique.

« Vous *avez été* comédien »... Ce passé composé, qui évoque un état révolu, comme si François en abandonnant le métier était devenu quelqu'un d'autre, lui fait un peu mal, un petit pincement. Il a l'impression qu'on lui dénie quelque chose. Un acteur qui ne joue plus, un peintre qui renonce à la peinture, un musicien qui ne touche plus à son instrument ne cessent pas pour autant d'être acteur, musicien ou peintre : au fond d'eux-mêmes, ils le restent toujours...

– Paul joue dans le film ?

– Oui, mais il n'est pas dans les scènes de la terrasse ; il tourne dans le midi et en studio... – Chez vous, il y aura les vedettes, Isabelle Huppert et Clovis Cornillac, ajoute machinalement l'assistant ainsi qu'il en a l'habitude pour éveiller l'intérêt des gens dont il a besoin. – Ce serait l'affaire d'une petite semaine, quatre ou cinq jours de tournage maximum. On arrangerait la terrasse et on poserait quelques éléments de décor sur la façade. Mais après on remet tout comme avant et on passe un coup de peinture fraîche sur la devanture, de la couleur que vous voudrez...

– C'est pas un problème, sourit François.

– Et si c'était possible, il y aurait aussi l'équipe à faire déjeuner, une trentaine de personnes, vous pourriez nous arranger ça ? Ça nous éviterait d'installer un barnum.

– Faut voir. C'est prévu pour quand ?

– Début septembre. On est en train de finaliser le plan de travail, on vous communiquera les dates exactes.

– Faut que j'y réfléchisse. Laissez-moi vos coordonnées.

– C'est une production Ariane Films, dit l'assistant en lui remettant une carte. Les bureaux sont à Paris, rue Marbeuf. Rappelez-moi et, si c'est OK, on conviendra d'un rendez-vous pour discuter des conditions. Mais réfléchissez vite, s'il vous plaît, on n'a plus beaucoup de temps.

– Je vous appelle demain.

– Parfait. Vous permettez que je prenne quelques photos, c'est pour montrer à Chabrol ?

– Allez-y.

En descendant boire son café une heure plus tard, Ange demande à François :

– J'ai vu un type qui photographiait devant chez toi, tout à l'heure… Qu'est-ce que c'était ?

– Rien, dit François, c'est pour un fabricant de cartes postales.

Un doute effleure son visage mais elle vide son bol sans broncher ; l'heure n'est plus aux discussions oiseuses ni aux disputes.

En ce début août, la ville est comme endormie, en suspens. La plupart des bureaux sont fermés, les trottoirs désertés. Beaucoup de magasins ont tiré leur rideau, certains en y collant un petit mot d'excuse, comme de regret, relatif aux congés payés obligatoires. Et la vague de chaleur est passée. Il y a eu deux formidables orages de fin d'après-midi qui ont tout nettoyé, en même temps qu'ils refroidissaient les esprits. Tout de suite après, une température estivale s'est réinstallée, mais à un niveau normal pour la saison, sans comparaison avec la canicule de juillet.

Ange n'a pas reparlé de faire du cinéma. Il semble que sa première tentative lui ait suffi. Découragée, offensée par la fiche qu'on lui avait donnée à remplir, par les questions sur sa garde-robe et sur ses talents éventuels (quoi, même pour un emploi de figurant, on s'attend que vous sachiez faire quelque chose : monter à cheval, danser la valse, soutenir d'une main un plateau chargé de verres, marcher sur les mains ou sur un fil…?), elle était sortie du bureau au bout de cinq minutes comme un candidat malheureux quitte une salle d'examen en laissant copie blanche, sans un mot au régisseur sidéré. Finalement, non, elle ne se voit pas en saltimbanque…

Ange a maintenant d'autres projets : elle veut écrire des romans policiers. Au lycée (à trente-cinq ans, Ange parle de son lycée comme si elle l'avait quitté la veille), elle était souvent première en expression écrite et, pour les sujets, il lui suffira de puiser dans les faits divers, dont les journaux sont remplis. Il ne s'agit pas pour Ange d'essayer d'en écrire un seul ; ce sont des romans policiers qu'elle veut écrire : c'est la condition d'écrivain qui lui plaît. Ecrivain, ou comment vivre en marge sans être considérée comme marginale, observer au lieu de participer, bénéficier d'un statut à part… Et plus jamais le RER aux heures de pointe, de lettres commerciales à taper et de formulaires administratifs à remplir ; plus jamais l'impatience d'un supérieur, les journées mornes dans un bureau sinistre avec vue sur la cour… Elle serait libre d'aller et venir à sa guise, travaillerait quand elle en aurait envie, quand les idées lui viendraient. Un polar, ça ne doit pas être très compliqué à torcher,

Georges Simenon y arrivait bien en trois semaines. Peut-être lui faudra-t-il un peu plus longtemps à elle, disons deux ou trois mois. Et le reste du temps lui appartiendrait. Elle pourrait voyager, s'installer dans le pays qui lui plairait et pour la durée qu'elle voudrait : elle enverrait ses manuscrits par la poste à l'éditeur. A chaque parution, elle ferait un saut à Paris ; il y aurait un cocktail, elle passerait à la télévision. L'argent suivrait. Partout on l'inviterait, on lui organiserait des signatures, elle deviendrait une femme enviée, respectée…

En attendant cette existence idyllique, Ange passe ses après-midi devant l'ordinateur de François en imitant les écrivains des films américains des années quarante, qui, cigarette au bec et manches de chemise retroussées, tapent leurs romans à la vitesse de la pensée – à ceci près que leur vieille Remington est remplacée par un PC et l'inévitable verre de whisky par un alcool moins fort.

Ange n'a plus aucun mystère pour François, il lit en elle comme dans un livre. Si son défaut de maturité l'étonne (qu'après presque vingt ans d'errance, tout en ayant mené une existence très dure, très exposée, on puisse demeurer une enfant dans sa tête, c'est tout de même surprenant), elle ne l'attendrit plus. Il n'en est plus amoureux – s'il l'a jamais été vraiment.

Le déclic a dû se produire le jour où il avait fait si chaud, quand Ange, déjà passablement soûle, avait surgi comme une furie dans la cuisine et, rejetant sur François la responsabilité de ses échecs et de l'image peu flatteuse qu'elle en retirait d'elle-même, défigurée par une mesquinerie hargneuse, avait prononcé l'affreux mot de *raté*.

Tout d'un coup, dans la femme qui se permettait de le traiter ainsi, il avait reconnu sa mère – encore celle-ci avait-elle l'excuse de s'inquiéter pour lui. Le mot avait touché au bon endroit, il avait rouvert une blessure. Ensuite, Ange avait eu beau s'excuser, prétendre qu'elle ne pensait pas ce qu'elle avait dit, le mal était fait : le peu de tendresse ou de compassion qu'il ressentait encore pour elle était mort. (Quelle sorte d'humain faut-il être pour en traiter un autre de *raté* ?).

Avec la formidable injustice du revirement amoureux, par une exagération inverse, ce qui lui paraissait adorable il y a quelques semaines, il le juge maintenant fabriqué ou suspect. Sa classe distante ? Orgueil, indifférence aux autres. Son goût pour la lecture, son intérêt pour l'art ? Une pose (après tout, elle a si peu à dire sur ce qu'elle lit…). Sa réserve, son économie de paroles : calcul, goût de la dissimulation, etc. Jusqu'à son extraordinaire profil, qui l'émouvait tant au début, auquel il trouve à présent quelque chose de brutal et de buté.

Au contraire de ses anciennes amies, ces comédiennes plutôt gentilles pour lesquelles, après la rupture, il gardait un petit sentiment et qui pouvaient toujours l'appeler pour se faire accompagner dans une soirée ou lui emprunter un peu d'argent, François sait qu'une fois séparés Ange et lui ne se reverront jamais, qu'il ne subsistera même pas un peu d'amitié entre eux. En la regardant, il n'éprouve plus que de l'écœurement, mêlé à un sentiment de culpabilité d'être allé aussi loin avec elle, culpabilité qui le retient de la mettre dès maintenant à la porte, de la renvoyer à sa solitude dans l'aridité du mois d'août.

Sans soupçonner le degré d'aversion où il en est arrivé, Ange a dû sentir que François s'éloignait. Flairant une menace, comme aux premiers jours de leur rencontre quand elle se méfiait, se protégeait, elle se barricade dans le silence, dans une opacité dissuasive. Elle ne donne pas prise, ce qui n'encourage pas François à lui parler.

Décidément, mieux vaut laisser courir jusqu'en septembre. S'il ne se passe rien d'ici là (l'idéal serait qu'Ange parte d'elle-même, mais François n'y compte plus), il lui parlera à la rentrée. Il l'emmènera dîner à Paris dans un restaurant élégant (il la sait sensible à ces sortes d'égard) et lui annoncera avec tact sa décision de rompre. Alors, Ange fera ce que tout le monde fait plus ou moins à cette époque de l'année (la rentrée est toujours un peu un recommencement) : elle prendra un nouveau départ. Vers quoi, ce ne sera plus l'affaire de François.

Le lundi suivant la visite du cinéaste, à la fin de la matinée, une 607 rutilante s'arrête devant le Café du Canal. François pense d'abord que c'est Claude Chabrol qui vient voir le décor dans une voiture de la production. Mais, au lieu du réalisateur et de son assistant, en descend un homme seul, d'environ soixante ans, d'une élégance surannée, vêtu dès le matin d'un costume croisé bleu marine et portant cravate. Peut-être le directeur de production, puisque François a déjà donné son accord, qui vient lui faire signer son contrat ? Mais le personnage paraît beaucoup trop chic, trop vieille France pour quelqu'un du métier, et puis un directeur de production ne se dérangerait pas pour si peu...

L'homme entre, la mine préoccupée, et parcourt la salle du regard, apparemment surpris de se trouver dans un café.

– Je voudrais parler à Madame Orvoen, dit-il à François après un bref salut de la tête. Madame Marie-Ange Orvoen. Excusez-moi, mais l'immeuble n'a pas de gardienne...

– Madame Orvoen n'est pas là.

– Mais elle habite bien ici ? Je suis à la bonne adresse ?

Déjà, François croit avoir deviné à qui il a affaire ; il lui demande pourtant :

– Vous êtes ?

– Jean-Philippe Bouguereau. Madame Orvoen était employée dans une de mes galeries.

– Elle est absente pour l'instant. Je vous sers quelque chose ?

L'homme refuse d'un signe. Il a un visage sensible, le nez long, les traits fins. Ses cheveux blancs et abondants sont impeccablement peignés.

– Elle doit revenir bientôt ? C'est que je me suis dérangé exprès pour la voir...

– Aucune idée. Si vous voulez, je peux lui transmettre un message.

– J'aurais préféré lui parler personnellement. Pardonnez-moi, mais Madame Orvoen est-elle bien votre nièce ? Elle m'avait dit qu'elle vivait chez son oncle...

– Qu'est-ce qui se passe, dit François sans fournir le renseignement demandé, il y a un problème ?

L'autre hésite, visiblement mal à l'aise.

– C'est que... c'est très embarrassant... ah et puis tiens donnez-moi donc un petit café... –

Euh… c'est très agréable ici, dit-il pour gagner du temps en se retournant vers la rue, le cadre est charmant.

– Oui, lui répond poliment François, on y est bien, surtout l'été. – Il va glisser une tasse sous le percolateur et revient, attendant la suite.

– Bien, euh… Comme vous le savez peut-être, commence son visiteur, Madame Orvoen a travaillé chez moi quelque temps ; pendant une période très brève en fait, un petit peu plus d'un mois… Or, il se trouve que près de la galerie où je l'employais – c'est ma galerie la plus importante et elle est proche de mon domicile –, il y a une sorte de brasserie, un café-restaurant où Mme Orvoen avait ses habitudes : elle y déjeunait à midi, y prenait des consommations… vous voyez ? Et bien, figurez-vous que jeudi dernier, le patron de cet établissement est venu me voir avec une note à régler, – il fouille dans la poche de sa veste et en extrait un fragment de rouleau de caisse enregistreuse assez long, agrafé sur une facture récapitulative, qu'il pousse délicatement de ses doigts aux ongles manucurés sur le comptoir, – vous voyez ?

– Je vois, dit François.

– Il y en a tout de même pour six cent quarante euros… Ce brave homme avait accepté de lui faire crédit parce qu'elle lui avait raconté qu'elle venait de commencer à travailler chez moi, qu'elle traversait une passe difficile et le paierait à la fin du mois avec son premier salaire. Indubitablement, Mme Orvoen possède une sorte de charme, c'est étonnant comme elle peut faire naître chez les gens le désir de lui rendre service… Enfin, comme je vous l'ai dit, elle déjeunait dans ce restaurant presque chaque jour, allait y prendre un verre après son travail, elle s'y fournissait même en cigarettes (vous avez vu, une vingtaine de paquets figurent sur la note…) : le restaurateur lui faisait confiance. Mais à la fin du mois, pfft, elle a subitement disparu… De chez moi aussi, d'ailleurs, elle a subitement disparu, du jour au lendemain, sans prévenir, elle nous a laissés en plan…

– Vous n'avez pas pu la joindre au téléphone ?

– Mon adjoint l'a appelée, il a même laissé plusieurs messages sur son portable… Au début, nous pensions qu'il lui était arrivé quelque chose, nous étions inquiets… Mais quand finalement il a réussi à lui parler, elle l'a envoyé promener, euh, assez grossièrement à ce qu'il m'a dit.

François a déjà ramassé la facture ; il va jusqu'à son tiroir-caisse, tire quelques billets de cent d'une liasse élastiquée, complète la somme et revient la remettre à son visiteur.

– Merci. J'étais très ennuyé ; vous comprenez, pour la galerie, dans le quartier, ce genre d'indélicatesse fait mauvais effet.

– Elle n'était pas obligée de faire ça, je lui donnais chaque semaine ce qu'il lui fallait, déclare François, pris du besoin soudain de se justifier.

Les billets soigneusement rangés dans son portefeuille, le galeriste fait quelques petits pas sur place, aspire une ou deux gorgées du café que François vient de lui servir. Il n'a pas l'air pressé de partir, François a l'impression qu'il est venu pour autre chose que pour se faire rembourser une facture. En y réfléchissant, il n'avait pas de raison de se déranger en personne, de perdre toute une matinée, et pour une somme qui ne doit pas être pour quelqu'un comme lui très significative. Il aurait aussi bien pu la payer lui-même et la passer par profits et pertes, ou se contenter de donner l'adresse d'Ange au restaurateur…

– Votre nièce est une personne étrange, dit-il en reposant sa tasse à peine entamée.

– Ce n'est pas ma nièce. Juste une amie. C'était.

– Ah bon.

Il lève sur François un regard sincère. *Alors vous aussi…*, a-t-il l'air de penser. Et c'est comme s'il s'attendait à rencontrer de la compréhension, une espèce de sympathie puisque lui et François partagent désormais quelque chose. En fait, ils sont trois à avoir cédé à la séduction d'Ange : eux deux qui se font face et le confiant restaurateur grâce auquel ils se trouvent en présence.

– Quand je l'ai vue, la première fois, dans ma galerie de la Bastille, explique le marchand, j'ai tout de suite senti qu'elle avait besoin qu'on lui vienne en aide… Elle paraissait si seule, si désemparée… Pour être franc, j'ai été frappé par sa beauté aussi, ce visage, pas vraiment beau, mieux que cela : rare… – surtout son nez, précise-t-il d'une voix adoucie, ému à ce souvenir esthétique, cette ligne presque continue, sans creux, cet angle ouvert parfait du front et de l'arête, vous avez remarqué ?... Et puis au cours de l'entretien qui a suivi, il m'a semblé qu'elle avait une personnalité intéressante, attachante, en tout cas peu commune… Malheureusement, ça s'est mal passé. Ce doit être en partie ma faute, vous savez. En juin, j'ai eu de sérieux problèmes avec une galerie de Chicago, j'ai été obligé de faire plusieurs allers-et-retours aux Etats-Unis. Bref, je me suis trouvé très absorbé par cette affaire, très occupé… Ange a dû croire que je me désintéressais d'elle (il l'appelle par son prénom maintenant, note

François)... Et mon adjoint a sans doute été maladroit, il a pu se montrer trop sévère. C'est quelqu'un de très compétent, mais, comment dire, il n'est guère habitué à la fréquentation des femmes, il ne sait pas trop comment s'y prendre, vous me comprenez... – Tout de même, reprend-il avec un accent indigné, et comme se parlant à lui-même, si quelque chose n'allait pas, elle aurait pu me le dire au lieu de tout laisser tomber comme ça sans s'expliquer, je ne suis pas inaccessible !... Même si je n'ai pas été aussi attentif qu'il l'aurait fallu, je ne crois pas avoir mérité cette façon d'agir, une telle désinvolture...

Et voilà pourquoi ce célèbre marchand de tableaux s'est déplacé en personne, comprend enfin François : pour parler à Ange les yeux dans les yeux, lui faire sentir qu'elle s'est mal conduite, qu'elle l'a blessé. Il arrive ainsi qu'on éprouve le besoin de faire prendre la mesure de sa peine par celui qui l'a causée. Mais si cet homme délicat espérait toucher Ange, lui donner du remords, il se fait des illusions ; il ne la connaît pas comme François la connaît. – Et c'est encore lui qui s'excuse...

En guise d'assentiment, François émet un soupir résigné.

– Enfin, que voulez-vous, c'est ainsi, conclut le marchand, on n'y peut rien. Mais c'est dommage. Peut-être dommage pour Ange également... – Je vous dois combien ? dit-il en faisant glisser des pièces de son porte-monnaie

– Laissez, je vous l'offre.

L'instant d'après, en le voyant regagner sa voiture à pas lents, le dos triste, François devine qu'il l'a déçu, que son visiteur aurait préféré, à défaut d'Ange elle-même, rencontrer un interlocuteur plus loquace, quelqu'un avec qui il aurait pu bavarder plus longuement et, pour une fois, loin de son cercle habituel, se laisser un peu aller, exprimer ce qu'il avait sur le cœur.

– J'ai eu de la visite pour toi ce matin, dit François quelques heures après, alors qu'Ange, avant d'aller s'installer devant l'ordinateur, sort du placard réfrigéré du comptoir les cannettes de bière censées l'aider à trouver l'inspiration.
– Quoi, quelle visite ?
– Jean-Philippe Bouguereau…
– Qu'est-ce que c'est que cette blague, qu'est-ce qui te prend, dit-elle sans se retourner.
– Ton marchand d'art, précise François. Un type d'une soixantaine d'années, beaucoup de classe, avec des cheveux blancs. Il conduit une 607 noire.
Ange fait un demi-tour sur elle-même et s'immobilise, ses bières dans les bras :
– Qu'est-ce qu'il voulait ?
– Te parler.
– A quel sujet ?
– J'en sais rien.
Pour le coup, elle est vraiment surprise. Qu'un homme aussi riche et connu ait pris la peine de se transporter jusqu'en banlieue pour la voir, elle n'en revient pas. Ses yeux largement ouverts ont pris une fixité soudaine : l'idée vient de la traverser qu'elle a peut-être laissé échapper une opportunité, qu'elle s'y est mal prise, a mal joué son jeu…
– Il avait l'air plein de bonnes intentions, cet homme, continue François sans résister au plaisir d'une revanche perfide. Il m'a fait l'effet de

quelqu'un de bien. Tu as peut-être raté quelque chose.

– Quoi, répond-elle avec impatience, qu'est-ce que j'aurais pu rater ?

– Je ne sais pas. Un ami, un père... Un protecteur influent.

– Un vieux vicieux, oui ! s'écrie Ange, furieuse contre elle-même, avec une entière mauvaise foi.

– Et il a apporté ça, dit François en lui tendant la facture du restaurant.

Ange la lui arrache presque.

– Laisse tomber, dit-elle après y avoir jeté un coup d'œil et en la fourrant dans sa poche.

– Je l'ai réglée, dit François.

– Tu l'as réglée ! s'exclame-t-elle, stupéfaite. Mais fallait pas ! Fallait dire que t'allais me la donner !

– Pourquoi, tu l'aurais payée toi ?

Vexée d'avoir été prise en flagrant délit d'indélicatesse – vis-à-vis du restaurateur dont elle a trompé la confiance, et vis-à-vis de François duquel, en même temps, elle acceptait les subsides hebdomadaires –, d'une voix de rogomme délibérément vulgaire, elle s'écrie dans un argot mêlé de verlan, ce langage brutal, *sans réplique*, auquel elle a instinctivement recours quand elle est en mauvaise posture :

– Mais t'es complètement ouf ! Qu'est-ce que ça pouvait foutre... Ils sont pétés de thune, ces keums !

– C'est le moins que je pouvais faire, en qualité d'oncle, lui répond François placidement.

Ange comprend qu'il est en train de se payer sa tête.

– Ah, et puis tu commences à me gaver avec tes histoires d'argent ! Vous me gavez tous, vous pensez qu'à ça, la thune ! Cette mesquinerie... non, je rêve ! lance-t-elle en se dirigeant vers la cuisine pour gagner le premier étage, espérant encore s'en tirer à bon compte.

– Attends une minute, dit François, j'ai à te parler.

Et, comme c'est l'heure creuse et qu'il sait qu'il ne viendra personne avant un moment, il va jusqu'à la porte de la rue et la ferme au verrou.

Ange remarque, sarcastique :

– Ça doit être grave pour que tu fermes ta boutique !

– C'est sérieux, dit François en s'asseyant à une table. Viens ici.

Ange repose ses bières sur le zinc et le rejoint en traînant les pieds :

– Te fatigue pas, va, j'ai compris... Tu m'as assez vue, tu veux que je me tire.

– J'aurais dit ça autrement, répond-il, soulagé qu'elle ait parlé la première, mais c'est ça, oui, je pense qu'il vaut mieux qu'on arrête de se voir... On ne va nulle part ensemble, on est trop différents. – Et avec la douceur forcée qu'on emploie dans ces cas-là autant pour ménager la susceptibilité de l'autre que pour prévenir une réaction violente, d'un ton objectif et mesuré, il entreprend de lui exposer les raisons qui font que, selon lui, leurs personnalités sont incompatibles.

De profil, un coude reposant sur le dossier de sa chaise, les jambes croisées et balançant légèrement un pied, Ange se tient devant lui de l'air ennuyé et absent d'un accusé qui entend déposer sur sa personne dans un prétoire avec l'impression qu'il s'agit de quelqu'un d'autre. Puis elle dit, toujours sans le regarder :

– C'est à cause de cette histoire d'ardoise… la note du restaurant.

– Il ne s'agit pas de ça. De toute façon, j'avais l'intention de te parler… euh… à la fin de l'été.

– Me parler de quoi ?

– Mais, répond François, interloqué (et, en l'obligeant ainsi à repartir de zéro, en se comportant exactement comme s'il n'avait rien dit, c'est bien à le déstabiliser qu'elle vise), de ce que je viens de te dire : qu'il vaut mieux se séparer, qu'on n'est pas faits pour vivre ensemble…

– Qu'est-ce que t'en sais ? T'as même pas essayé. T'as jamais voulu que j'habite chez toi.

– Justement, Ange, il ne s'agissait pas « d'habiter chez moi ». Si je m'installe un jour avec une femme, ce sera parce que j'ai choisi de vivre avec elle, pour construire quelque chose, une relation durable.

– Je suis pas assez bien pour toi, c'est ça ?

– Tu n'es pas la femme qu'il me faut – en admettant qu'il m'en faille une.

– Ça, on peut pas le savoir à l'avance. Tu nous as même pas donné une chance.

– Ma petite Ange, regarde un peu les choses en face, tu n'aurais pas supporté une semaine le train-train d'un café, les levers aux aurores, les tâches terre à terre ; et les clients, toujours les mêmes, toujours les mêmes têtes, et pas toujours faciles… Cette existence étriquée, comme tu m'as dit une fois.

– Ici, dans ce patelin de banlieue, peut-être pas. Mais on n'était pas obligés de rester là. Si t'avais voulu t'installer sur la Côte…

Et voilà la Côte qui revient sur le tapis... la mythique Côte d'Azur ! En effet, elle lui en avait parlé un jour, de la Côte; elle rêvait tout haut de commencer une autre vie, une vraie vie au soleil... Et lui, en l'écoutant divaguer, il s'était tout bonnement mis à rire. Il lui avait expliqué qu'il avait toujours vécu à Paris et qu'il ne voyait pas de raison de s'en éloigner davantage, qu'il se trouvait bien là. Son affaire démarrait : il n'allait pas tout bazarder et s'endetter par-dessus le marché, pour aller concurrencer des gens du Midi qui n'attendaient pas que lui et ne le verraient sûrement pas arriver d'un bon œil... Il lui avait même appris au passage qu'il projetait, dans un futur pas très lointain, avec l'aide d'une banque, de racheter l'immeuble de son établissement, l'immeuble entier à son propriétaire, lequel venait de prendre sa retraite et, content de se débarrasser d'un bien qui ne lui rapportait pas grand-chose, lui ferait sûrement un bon prix. Et c'est là qu'Ange, avec une ostentation hautaine, s'était étonnée qu'on puisse avoir envie de se fixer dans un immeuble minable au fond d'une banlieue sans intérêt et ne lui avait pas envoyé dire qu'il avait des ambitions étriquées.

Au moins, elle n'est pas en colère. Il craignait un éclat, mais non. Elle ne paraît même pas surprise : elle s'y attendait. Avalant ses joues qu'elle mordille à l'intérieur, sa bouche déformée par une moue dubitative, elle est absorbée dans ses réflexions. Pour elle, le discours raisonnable et convenu que François est en train de lui tenir recouvre une vérité très simple, du genre qui se passe d'explications : il n'est plus amoureux d'elle. Dès lors, une scène ne servirait à rien. Comme elle n'est pas amoureuse non plus, elle ne souffre pas, sinon dans son amour-propre. Et en la voyant si calme, si maîtresse d'elle-même, François ne croit même pas qu'elle s'inquiète, qu'elle ait peur de l'avenir. Ange a l'habitude des petites histoires avortées, des situations provisoires, des ruptures. Au fond, elle ne déteste pas le changement : chaque histoire qui se termine ouvre la voie à tous les possibles... Bientôt, en pensant à lui et à leur relation de quelques mois, elle dira avec simplicité et sans regret, comme elle le dit de presque tout ce qu'elle a fait jusqu'ici : « Ça n'a pas marché ».

– Dans le Midi, j'aurais pu travailler avec toi, reprend-elle cependant, mais sans conviction. – Je t'aurais aidé à tenir ton café, à servir les clients...

François ne peut s'empêcher de sourire. Ange en active bistrotière, accourant quand on l'appelle, se dépêchant d'apporter les commandes... amusant ! D'ailleurs, elle n'y croit pas elle-même ; en brossant ce tableau optimiste, elle sait qu'elle ment. Ce qu'elle aurait voulu en réalité c'est un homme à genoux, *séduit*. Un amant qu'elle aurait tenu à sa merci et qui lui aurait procuré une existence facile sans contrepartie. Lui à la cuisine ou derrière son comptoir, elle à la plage. De temps en temps, elle se serait fendue d'un petit coup de main symbolique dont il lui aurait été reconnaissant. Et puis un jour, au casino, dans un bar ou sur la promenade, elle aurait rencontré quelqu'un, un homme plus riche que François, plus « classe » ; ou, au contraire, un plagiste, un motard, un de ces types qu'elle avait toujours suivis sans se poser de questions simplement parce qu'ils lui plaisaient... et salut !

Dès le début, avec un instinct féminin très sûr, elle avait senti chez François une fragilité, cette faille qui fait qu'un homme est capable de tomber amoureux au point de perdre la tête. Et de fait, pendant un court moment, elle avait bien cru que ça y était, il y avait eu un flottement, quelques jours pendant lesquels il avait paru sur le point de basculer... – puis il s'était repris.

Peut-être, s'il avait connu Ange trois ans ou quatre ans plus tôt, quand tout allait si mal pour lui, qu'il était si découragé, si las, se serait-il jeté comme un fou dans cette aventure, banale réaction de fuite devant la réalité. Alors Ange aurait fait ce qu'elle aurait voulu de lui, et l'héritage de sa mère arrivant juste à point, il l'aurait claqué avec elle, sur la Côte ou ailleurs, sans calcul, sans penser à plus tard...

Mais elle n'avait pas eu cette chance : au moment où ils s'étaient rencontrés, il se reconstruisait, ses préoccupations étaient très éloignées de l'amour. Tout en travaillant dur, mentalement il se reposait ; il n'était pas disponible pour la passion. – Et pourtant, ce fameux jour où elle était apparue à la terrasse, s'il avait été attiré au premier coup d'œil par cette fille un peu *grunge*, cette marginale au physique étrange, à la voix basse, à l'air fatal, n'était-ce pas qu'inconsciemment il craignait de s'encroûter et sentait le besoin de se mettre en danger...?

François se tait depuis un instant, plongé dans ses pensées.

– Moi aussi je pourrais dire des choses, déclare Ange tout à coup, émergeant des siennes.

– Vas-y ! l'encourage François, prêt à s'entendre balancer quelque vacherie qui la vengerait un peu et le conforterait, lui, dans sa décision de la quitter.

– T'es qu'un égoïste. Rien d'autre qu'un célibataire endurci.

– Possible.

– Tu t'es servi de moi…

Habitué à sa façon d'asséner des contrevérités flagrantes, il change de sujet :

– Tu as toujours ton compte à la banque ?

– Oui, pourquoi ? fait-elle, soudain attentive.

– Je vais te donner un chèque pour t'aider à tenir quelques semaines. Tu pourrais commencer par partir quelques jours en vacances… sur la Côte, tiens, pourquoi pas ! A Cannes, ou à Saint-Trop…

– Garde tes conseils, je sais ce que j'ai à faire, le coupe-t-elle sèchement. – J'ai toujours le droit de monter en haut, j'ai quelques affaires à prendre, des trucs à moi t'inquiète pas ?

– Naturellement. – Et, moitié pour se venger de ce qu'elle vient de sous-entendre, que, très mesquinement, dans un esprit très petit-bourgeois il pourrait craindre d'être volé, moitié pour atténuer la brutalité du congé : – Comment ça va, ton roman policier ? Il avance ? Tu peux continuer à travailler ici jusqu'à la fin du mois si ça t'arrange, si t'as besoin de l'ordinateur…

C'est la première fois qu'il lui parle de son roman ; et justement à cause de la totale neutralité qu'il observe depuis le début, Ange a compris que François ne la croit pas capable de mener un tel projet à bien. Elle-même, après plusieurs jours de tâtonnements, de faux départs, de rêvasseries improductives dans un brouillard de fumée et de vapeurs d'alcool, en est arrivée à la même conclusion. Elle hausse les épaules d'un air excédé :

– J'en ai rien à foutre de ton ordinateur !

Le lundi 6 septembre, premier jour de tournage au Café du Canal, le camion des décorateurs est sur place à sept heures. Avec une grande célérité, des gestes précis et bien coordonnées, deux hommes plaquent sur l'encadrement de la devanture des caissons de bois préalablement peints d'un rouge délavé tirant sur le corail, écaillé exprès par endroits, portant l'enseigne : « *Chez Jean-Louis* » en lettres cursives bleu foncé. Le rideau qui court d'ordinaire sur la partie inférieure de la vitre pour protéger les clients de la curiosité des passants est ôté et prestement remplacé par une imitation de verre gravé translucide agrémenté sur ses bords d'un motif végétal : en réalité, un simple papier calque habilement découpé et collé. Au-dessus et à gauche, côté extérieur, est fixé sur la vitre un film transparent invisible portant une inscription en lettres de plastique blanches imitant à la perfection les lettres d'émail des anciens cafés : TÉLÉPHONE – ICI ON CONSULTE LE BOTTIN. Un peu plus à droite, mais côté intérieur, les décorateurs accrochent à l'aide d'une ventouse un Tarif des Consommations effaçable offert par Dubonnet, orné en son milieu d'un thermomètre. A la terrasse, les tables et les chaises métalliques de François sont remplacées par des chaises pliantes en lattes de bois vert foncé et par des guéridons de marbre cerclés de cuivre, mobilier complété par six tables de quatre rectangulaires et par des parasols Ricard jaunes et bleus. Un accessoiriste vient ensuite éparpiller quelques cendriers de la même marque (certains avec leurs mégots), plusieurs paquets de Gitanes et d'américaines accompagnées de briquets à essence et de pochettes d'allumettes, un siphon, des carafes AVEZE de verre épais, ainsi que des verres à boire de différentes formes plus ou moins remplis de liquides de différentes couleurs. Pour finir, la terrasse est délimitée par deux rangées de caisses parallélépipédiques de bégonias, ponctuées de lauriers en pot placés aux quatre coins.

Assis sur le muret du canal, un peu à l'écart pour ne pas gêner, François suit avec amusement les transformations de son établissement. Bien entendu, il n'a pas lu scénario et n'a aucune idée du sujet du film, mais l'aspect pimpant et désuet de guinguette qu'offre désormais sa terrasse et les accessoires démodés et datés parsemés sur les tables (à quelques détails près, survivances d'un temps encore plus ancien) lui suggèrent que l'intrigue pourrait se dérouler dans l'après-guerre.

A huit heures, Demesson, l'assistant de Chabrol, arrête sa voiture à sa hauteur, vient le saluer et lui remet la feuille de service, sorte d'ordre du jour qui rappelle à chacun ce qu'il doit faire. Pour ce qui concerne François : à treize heures précises, il s'agit de servir un repas à trente-sept personnes en soixante minutes exactement, sans le moindre retard possible : tout le monde doit être revenu sur le plateau à deux heures. Puis, à partir de cinq heures, installation d'un buffet sur le terre-plein, où sera servi l'apéritif offert par l'acteur principal en fin de journée. Pour François le spectacle est fini, il est temps de regagner sa cuisine.

Il a déjà prévu tous ses menus de la semaine, dûment approuvés par la production : comme toujours, des repas sains et roboratifs, un peu plus élaborés cependant que ceux qu'il sert d'habitude et qu'il préparera avec Paulo. Pour aider au service, il a engagé un extra. L'agence lui a envoyé un garçon sympathique, originaire du Cantal, un grand brun solide et souriant nommé Gaétan, porteur d'une moustache décorative et sanglé dans un gilet de cuir noir sur une chemise à rayures bleues et blanches ; en arrivant, il a montré à François un nœud papillon qu'il mettra à la dernière minute.

Au moins le temps du tournage, les gens qui composent une équipe de film sont soudés et aiment prendre leurs repas ensemble. Pendant que Paulo s'attaque aux épluchages, François et l'extra rapprochent les tables individuelles du restaurant de façon à former deux longues tables de vingt perpendiculaires au comptoir, disposition propre à faciliter le service. Laissant Gaétan s'occuper du couvert, François rejoint ensuite Paulo dans la cuisine pour y dresser à l'avance ses trente-sept assiettes de hors-d'œuvre.

Peu avant dix heures, le premier clap se fait entendre : « A bientôt… trente-cinquième ! » (Titre complet du film : A bientôt ou Adieu). La façade du café se trouvant hors champ pour ce plan (la caméra est braquée de l'autre côté), François risque un œil par la porte ouverte.

Perchée sur d'épaisses semelles de bois ajourées qui font bruyamment crisser le gravier, Isabelle Huppert (robe au-dessus du genou, jambes peintes, sac en bandoulière, et coiffée d'un amas de boucles rousses sur le devant de la tête) rejoint Clovis Cornillac qui l'attend à la terrasse. Autour d'eux, une quinzaine de figurants sont dispersés aux autres tables : des femmes aux épaules rembourrées, aux lèvres rouges, jambes nues également, avec leurs compagnons en bras de chemise et casquette, plus deux types d'environ vingt-cinq ans en chemisette à col ouvert et veste à carreaux genre zazou – une assistance jeune et populaire, donc, pleine d'un entrain qu'on n'imaginerait pas sous l'Occupation et qui confirme la première impression de François : l'action doit se situer dans l'immédiat après-guerre, juste avant le new-look et les bas nylon.

Le terre-plein est maintenant transformé en un vaste parking de voitures, de camions, de caravanes servant de loges aux acteurs qui s'alignent jusqu'à la rue principale. Bien que François ait prévenu ses clients qu'il serait fermé une semaine sans leur dire pourquoi, la nouvelle qu'un film est en train de se tourner au bord du canal s'est vite répandue en ville et quelques badauds sont déjà rassemblés sur le trottoir, essayant d'apercevoir les vedettes.

Sur le plateau, tout semble se passer à merveille. Le soleil espéré, incertain au début de la matinée, a fini par se montrer et paraît décidé à se maintenir. Les plans s'enchaînent (assez vite, pour autant que François puisse en juger) dans une ambiance familiale et bon enfant conforme à la réputation du réalisateur. – Et les choses vont ainsi jusqu'à une heure.

Le déjeuner se déroule dans les temps et sans accroc : impressionnés par le synchronisme et l'efficacité des cinéastes, François, Gaétan et Paulo avaient à cœur de le réussir et de faire voir à ces gens habiles qu'ils étaient eux aussi capables d'organiser quelque chose à la perfection : un déjeuner, qu'on peut en somme considérer comme une petite mise en scène, avec ses personnages, ses accessoires, et surtout son rythme à tenir. À la fin du repas, Chabrol dit un mot gentil à François en passant (le genre de mot qui n'appelle pas de réponse, le réalisateur est pressé de regagner son plateau) mais, à François, ça lui fait quand même plaisir. Une petite satisfaction d'amour-propre. Et il sait que, si le reste de la semaine se passe aussi bien, cela se saura vite dans la profession et qu'il y aura d'autres tournages au Café du Canal, à la fois amusants (ça le change du train-train habituel) et rémunérateurs.

Vers trois heures – Gaétan et François ont à peine fini de débarrasser –, grand remue-ménage sur le plateau : on dégage tout un côté de la terrasse pour attaquer les plans en contre-champ. Cette fois, la façade du café « *Chez Jean-Louis* » est dans le cadre, c'est l'arrière-plan du décor : la porte de la rue doit rester fermée et il ne faut pas apercevoir de mouvement à l'intérieur. Pendant que Gaétan et Paulo se cantonnent dans la cuisine, François va reprendre son poste d'observation sur le muret.

Parmi les badauds de plus en plus nombreux qui se pressent sur le trottoir d'en face, François aperçoit quelques-uns de ses habitués qui lui font de loin de grands signes de reconnaissance. Frédérique est déjà là : en passant ce matin pour se rendre à la Poste, elle a dû voir qu'il se préparait quelque chose et trouver un prétexte pour quitter le bureau de bonne heure. Plus culottée que les autres, elle a traversé la chaussée et se tient tout au bord du plateau où elle flirte avec les machinistes.

La rumeur d'un tournage a dû parvenir aux oreilles d'Aziza qui a quitté le quartier des grands immeubles et, après une petite halte au milieu du pont piéton, dans sa partie surélevée qui offre une parfaite vue d'ensemble, se dirige vers le terre-plein. En le voyant déboucher des marches, François craint un instant qu'Ange ne débarque à sa suite. Mais le garçon est seul. Il s'approche avec son sourire discret, ce sourire inconscient et touchant qui lui donne toujours un peu l'air de s'excuser d'exister :

– Salut…

– Salut, dit François. Tu vas bien ?

– Ça va.

– Il y a un moment qu'on t'a pas vu… Qu'est-ce que tu fais de beau ? Toujours ta peinture ?

– Oui, oui, la peinture… ça peut aller. – C'est Claude Chabrol là-bas, demande-t-il en se hissant sur la pointe des pieds pour distinguer les gens qui s'activent sur le plateau. Je le reconnais, je l'ai vu à la télévision.

– C'est lui. Avec Huppert et Cornillac.

– C'est pour la télé ?

– Pour le cinéma.

– De quoi ça parle ?

– Aucune idée. Ça a l'air de se situer juste après la guerre, vers quarante-cinq, quarante-sept, par là…

Un ange passe, intermède plein de la pensée de l'absente. Sûr qu'Aziza n'osera pas en parler le premier, François se dévoue :

– Ange va bien ?

– Je sais pas. Elle vit plus chez moi. Elle est partie avec toutes ses affaires il y a trois semaines et j'ai pas eu de nouvelles depuis. – Il constate avec une résignation mélancolique : – Je suis tout seul maintenant.

– Elle est partie où ?

– J'en sais rien.

– Elle t'a pas dit où elle allait ? Elle a pas téléphoné ?

209

– Rien du tout. Elle a fait son sac et elle s'est tirée, point barre.

C'est bien Ange, ça, songe François, profiter de l'hospitalité et de l'amitié de quelqu'un pendant plusieurs mois, puis disparaître sans dire où elle va ni se donner la peine d'un coup de fil... – Splendide indifférence.

– Elle est comme ça, qu'est-ce que tu veux, dit Aziza dont les pensées ont dû suivre le même chemin, c'est pas par méchanceté, elle se rend pas compte... – Mais il n'est pas venu pour s'apitoyer sur lui-même : Tu permets que je m'approche du plateau ? Ça m'intéresserait de voir ce qu'ils font, comment ils travaillent...

– J'ai rien à te permettre. Va voir ce que tu veux.

– Alors à un de ces jours, hein, à bientôt ?

– Passe quand tu veux, on se fera une petite bouffe.

François reste encore un moment dehors puis, pendant que ses aides finissent de ranger, remonte dans l'appartement pour une petite sieste.

A cinq heures, Paulo parti, il rejoint Gaétan pour l'aider à dresser le buffet de l'apéritif : il s'agit à présent d'installer une longue table à tréteaux sous l'ombrage d'un tilleul et de la recouvrir d'une nappe blanche. La production a demandé quelque chose de simple parce qu'il y aura un pot presque chaque soir, offert à tour de rôle par les membres importants de l'équipe. Donc : whisky, Martini, Ricard, Perrier et jus d'orange pour tout le monde, avec quelques coupelles d'olives et de cacahuètes... François est en train d'aligner les verres sur le buffet quand il reconnaît Paul Dunan qui vient vers lui en lui faisant des signes. Au début de leur carrière, ils ont fait partie de la même compagnie théâtrale pendant deux ans, ce qui représente beaucoup de repas frugaux et de chambres d'hôtel partagés, de projets échafaudés ensemble, de rivalités pour les filles et, même s'ils se sont perdus de vue, surtout depuis que François a quitté le métier, ce sont des choses qui créent des liens. Pour l'heure, Dunan arbore l'air prospère et parfaitement heureux des comédiens quand ils ont du travail.

– Comment vas-tu ? demande-t-il après une accolade à François.

– Bien. Je voulais justement t'appeler pour te remercier, mais je trouvais plus ton numéro. J'avais l'intention de le demander à l'assistant…

– Penses-tu, c'est rien… C'est toi qui nous rends service. Ça te fais pas trop de tintouin ?

– On s'organise. Mais toi, comment ça va ? Tu joues dans la séquence de la terrasse, finalement ?

– Non, je suis seulement passé pour te dire bonjour et chercher une copine. Moi, je reprends la semaine prochaine au studio de Boulogne.

– Un rôle intéressant ?

– Pas mal, vingt-cinq jours de tournage. Je fais le mari d'Isabelle, le cocu… – Ils éclatent de rire en même temps au souvenir des innombrables pantalonnades jouées ensemble. Dunan s'arrête le premier et pose sur François un regard amical et pensif : – Alors, toujours pas de regret ?

Regret de quoi ? De ce qui aurait pu être mais n'a pas été ? De ses espoirs perpétuellement déçus ? Il est vrai qu'on peut regretter l'espérance…

– Aucun, dit François. J'ai rien à regretter.

A six heures moins cinq, la tension qui régnait sur le plateau se relâche brusquement : le dernier plan est dans la boîte. « Terminé, on plie ! crie Demesson. Apéritif offert à l'équipe par M.

Cornillac. » Pendant que les uns « plient », ceux qui n'ont plus rien à faire traînent un peu pour n'avoir pas l'air trop pressés, puis d'un pas nonchalant commencent à se rapprocher du buffet où Gaétan, qui a changé de chemise et remis son nœud pap, officie avec une maestria de barman chevronné.

Estimant avoir fait ce qu'il avait à faire, François juge le moment venu de s'éclipser, mais son ami le rattrape :

– Où tu vas… tu vas pas rester tout seul ? Viens boire un coup avec nous.

Des pots de fin de journée, François en a connu des dizaines, et celui-ci ne diffère pas des autres, avec son plaisant anachronisme (par exemple, ce soir, les figurants en costume des années quarante pendus à leur téléphone portable), la familiarité de surface des membres de l'équipe (qui recouvre en réalité une organisation strictement hiérarchisée), les susceptibilités, les fâcheries, mais aussi finalement le bonheur de créer quelque chose ensemble, la répugnance à se séparer qui fait qu'on saisit tous les prétextes pour en retarder le moment… Même si François a conscience d'être à présent hors-jeu, sentiment qu'il matérialise en se tenant légèrement à l'écart, c'est sans en éprouver de tristesse ni se sentir exclu ; d'ailleurs, aujourd'hui, il a quelque chose en commun avec les autres : la satisfaction du travail accompli, le soulagement que ce premier jour se soit bien passé.

Comme pour renforcer ce sentiment ténu d'appartenance, Patrick Demesson, qui distribue la feuille de service du lendemain, lui en remet un exemplaire. Déjeuner même heure, mais pour trente-neuf personnes, donc deux couverts de plus.

Pot d'après tournage à six heures trente. Cette fois, il faudra prévoir du champagne, précise l'assistant, on fête l'anniversaire de quelqu'un. Arrangez-vous avec le régisseur.

– Bonne journée, lui demande François, ça a marché comme vous vouliez ?

– Comme sur des roulettes… – Demesson scrute avec anxiété le ciel bleu où des nuées transparentes s'étirent comme une menace imprécise : – Espérons qu'on va pouvoir continuer comme ça jusqu'à la fin de la semaine.

– Espérons, dit François qui n'ignore pas que le tournage d'un film est une entreprise pleine d'aléas.

A l'autre extrémité du buffet, une jeune stagiaire scripte les observe depuis un moment.

– C'est drôle, remarque-t-elle tout haut, le patron du café il me fait penser à quelqu'un, il ressemble à un acteur, je me rappelle plus son nom, un acteur qu'on voit dans les vieux films…

– Le patron, dit le chef-machiniste, qui se trouve justement près d'elle, c'est à Paul Frankeur qu'il ressemble, ma cocotte.

FIN

Original déposé à :

Société des Gens de Lettres – Paris
INPI – Paris
Copyright France